밤으로의 긴 여로

밤으로의 긴 여로
Long Day's Journey into Night

유진 오닐 희곡　강유나 옮김

LONG DAY'S JOURNEY INTO NIGHT
by EUGENE GLADSTONE O'NEILL (1956)

이 책은 실로 꿰매어 제본하는 정통적인 사철 방식으로 만들어졌습니다.
사철 방식으로 제본된 책은 오랫동안 보관해도 손상되지 않습니다.

칼로타에게,
열두 번째 결혼기념일을 맞이하여

사랑하는 당신,
 눈물과 피로 쓴 오랜 슬픔의 드라마 원고를 당신에게 드리오. 행복을 축하해야 하는 날에 이 무슨 서글프고 어정쩡한 선물인가 싶을지도 모르겠소. 하지만 이해해 주오. 당신의 사랑과 따뜻함을 기리는 선물이라오. 그로써 나는 사랑을 믿을 수 있게 되었고, 마침내 내 죽은 가족을 맞대면하여 이 극을 쓸 수 있었소. 이것은 유령에 쫓기는 네 명의 타이런 가족에 대한 깊은 슬픔과 이해와 용서로 쓰인 글이라오.

 사랑하는 이여, 지난 열두 해는 빛과 사랑으로 가는 여로였소.

내가 얼마나 감사하고 또 사랑하는지, 당신은 알 거요!

진
1941년 7월 22일, 타오 하우스에서

제1막		9
제2막	제1장	61
	제2장	83
제3막		113
제4막		151

역자 해설 미국 가족극의 알파와 오메가,
「밤으로의 긴 여로」   223

유진 오닐 연보   235

등장인물

제임스 타이런
메리 케이번 타이런 제임스의 아내
제임스 타이런 2세 장남
에드먼드 타이런 차남
캐슬린 하녀

무대

제1막 타이런의 여름 별장 거실
　　　　1912년 8월 어느 날 오전 8시 30분
제2막 제1장 같은 곳, 12시 45분쯤
　　　　제2장 같은 곳, 30분 정도 지난 후
제3막 같은 곳, 그날 저녁 6시 30분쯤
제4막 같은 곳, 자정쯤

제1막

1912년 8월 어느 날 아침, 제임스 타이런의 여름 별장 거실.

뒤쪽에는 커튼으로 가린 문이 두 개 보인다. 오른쪽 문은 응접실로 통하는데, 응접실은 잘 갖춰져 있으나 쓰임새는 거의 없는 형식적인 외양을 하고 있다. 다른 쪽 문은 창문이 없는 어두운 뒤쪽 복도로 통하는데, 거실에서 식당으로 갈 때를 빼고는 전혀 사용되지 않는 곳이다. 두 복도 사이 벽에는 작은 책장이 있다. 위에는 셰익스피어의 초상이 걸려 있고 발자크, 졸라, 스탕달의 소설과 쇼펜하우어, 니체, 마르크스, 엥겔스, 크로폿킨, 막스 슈티르너의 철학과 사회학 서적들, 입센과 쇼, 스트린드베리의 희곡, 스윈번, 로세티, 와일드, 어니스트 다우슨, 키플링의 시집이 보인다.

오른쪽 벽 뒤편에는 방충 문이 있어서 집을 거반 둘러싼 베란다로 나갈 수 있게 되어 있다. 앞쪽에 줄지어 있는 세 개의 창문을 통해 뜰 너머 항구와 부둣가 큰길이 보인다. 작은 고리버들 탁자와 평범한 참나무 책상이 창 옆쪽 벽에 붙어 있다.

왼쪽 벽에는 비슷한 모양의 창문들이 집 뒷마당 쪽을 향해 줄지어 있다. 창문 아래에는 쿠션이 딸린 고리버들 소파가 놓여 있고 그 뒤 유리문이 달린 큰 책장에는 뒤마, 빅토르 위고, 찰스 레버, 셰익스피어 세 질, 세계 문학 전집이 큰 책으로 50권, 흄의 『영국사』, 티에르의 『통령 정부와 제정사』, 스몰렛의 『영국사』, 기번의 『로마 제국 쇠망사』와 낡은 희곡, 시, 아일랜드 역사서 등 잡다한 책들이 있다. 놀랍게도 이 전집류들에는 읽고 또 읽은 흔적이 보인다.

마룻바닥 대부분은 점잖은 디자인과 색상의 러그로 덮여 있다. 중앙의 둥근 탁자 위에 초록색 갓이 씌워진 독서 등이 있고, 전선은 위쪽 샹들리에의 소켓에 연결되어 있다. 독서 등의 불빛이 비추는 범위 안에 네 개의 의자가 있는데 그중 세 개는 고리버들 안락의자이고, 탁자의 맨 오른쪽 앞에는 가죽을 댄 참나무 흔들의자가 있다.

8시 30분경. 오른편 창을 통해 햇빛이 들어온다.

막이 오르면, 가족은 이제 막 아침 식사를 끝낸 참이다. 메리 타이런이 남편과 함께 식당에서부터 뒤쪽 복도를 통해 들어온다.

메리는 중키에 나이는 쉰네 살이다. 여전히 젊고 우아한 자태에, 약간 살집이 있긴 하지만 코르셋을 하지 않았음에도 중년의 허리선이나 엉덩이선이 거의 보이지 않는다. 전형적인 아일랜드인의 얼굴을 하고 있다. 한때는 놀라우리만치 예뻤음이 틀림없고, 지금도 여전히 눈에 띄는 외모이다. 건강한 몸매와는 어울리지 않게, 얼굴은 마르고 창백하며 뼈의 굴곡이 두드러진다. 코는 길고 곧으며 크고 도톰한 입에 섬세한 입술 선을 지녔다. 화장은 전혀 하지 않았고 입술에도 아무것도 바르지 않았다. 넓은 이마는 무성한 순백의 머리칼로 둘러싸여 있다. 엷은 흰머리에 대비되어 흑갈색 눈동자는 검게 보인다. 눈은 아주 크고 아름다우며 검은 눈썹과 긴 속눈썹을 지녔다.

곧 눈에 띄는 것은 극도로 초조해하는 그녀의 태도다. 손이 가만히 있지 않는다. 손가락이 길고 가늘어 한때는 아름다웠을 손이지만, 류머티즘으로 관절에 옹이가 지고 손가락이 뒤틀려 지금은 흉하고 병적인 모습이다. 그녀의 손을 보면 안 된다. 그녀가 자신의 손 모양에 예민한 데다, 사람들의 눈길을 끄는 신경질적인 움직임을 통제하지 못한다는 사실을 수치스러워하기 때문에, 더욱 보면 안 된다.

메리는 소박하게 입었으나 자신에게 무엇이 어울리는지 아주 잘 알고 있다. 머리는 꼼꼼하게 다듬었다. 목소리는 부드럽고 매력적이며, 즐거울 때면 아일랜드 억양이 약간 묻어 난다.

그녀의 가장 큰 매력은 수줍은 수녀원생의 때 묻지 않은 소박함을 아직도 간직하고 있다는 점이다. 세속적이지 않은 순수함을 타고난 것이다.

제임스 타이런은 예순다섯 살이지만 열 살은 젊어 보인다. 키는 173센티미터쯤 되고 어깨와 가슴이 넓은데, 군인 같은 행동거지 때문에 더 크고 늘씬해 보인다. 고개를 들고 가슴을 내밀고 배는 넣고 어깨를 펴고 있다. 얼굴선은 무너지고 있으나 여전히 아주 잘생긴 얼굴이다. 크고 잘생긴 두상에 멋진 옆선을 지녔고, 엷은 갈색 눈은 움푹 들어가 자리 잡고 있다. 숱이 적은 회색 머리카락에, 수도승처럼 머리 한가운데가 벗겨졌다.

겉모습만 봐도 그의 직업을 알 수 있다. 무대 연기자라서 짐짓 괴팍한 태도를 취한다는 의미는 아니다. 그의 천성이

나 기호는 소박하고 꾸밈없는 것으로, 가진 것 없는 근본과 아일랜드 농부였던 선조의 기질과 맞닿아 있다. 그러나 무심코 하는 말과 움직임과 몸짓 곳곳에서 배우 기질이 드러난다. 여기엔 오랫동안 익혀서 습득한 기술적인 면모가 있다. 목소리는 아주 섬세하고 울림이 있으며 유연한데, 그런 자신의 목소리에 큰 자부심이 있다.

차림새는 낭만적인 배역에 절대로 어울리지 않는다. 올이 나가기 시작한 기성복의 포대 자루 같은 양복과 윤기 없는 검정 구두 차림에 깃이 없는 셔츠를 입고, 목에는 헐렁하고 두꺼운 흰 수건을 묶었다. 고풍스럽게 보이려고 대충 입은 것이 아니다. 흔하디흔한 허름함이다. 그는 옷 입을 때 실용적인 면만 생각하는 사람이다. 지금은 정원 일을 하기 위한 복장으로, 남들에게 어떻게 보이는지에 대해서는 전혀 신경 쓰지 않는다.

그는 평생 한 번도 아파 본 적이 없다. 긴장과 불안이라고는 모르는 사람이다. 둔감하고 흙만 아는 농부의 기질을 지녔으며 가끔은 감상적인 우수가 엿보일 때도 있지만, 직관적이고도 이성적인 번득임은 아주 드문 사람이다.

타이런이 팔로 아내의 허리를 감은 채 뒤쪽 복도에서 나온다. 거실로 들어오면서 아내를 장난스럽게 껴안는다.

타이런 당신 이제 한 팔 가득인데. 9킬로그램이나 늘다 보니.

메리 (다정하게 미소 지으며) 너무 살쪘다는 얘기죠? 좀 빼야겠어.

타이런 그런 말이 아니죠, 마님! 딱 좋아. 살 빼는 얘기는 하지 맙시다. 그래서 아침을 그리 조금 먹은 거요?

메리 그리 조금? 난 많이 먹은 것 같은데요.

타이런 아니야, 어쨌든 내가 만족할 만큼 많이는 아니었지.

메리 (놀리듯) 아이, 여보! 당신은 모든 사람이 당신만큼 아침을 엄청나게 먹는다고 생각하잖아요. 그 정도면 세상 누구라도 소화 불량으로 죽고 말 거예요. (앞으로 나와 탁자 오른편에 선다)

타이런 (따라 나오며) 듣자 하니 내가 엄청난 먹보 같구려. (적이 흡족하여) 감사한 일이지, 예순다섯인데 식욕도 그대로고 소화력도 20대 청년처럼 좋으니 말이지.

메리 정말 그래요, 제임스. 아무도 아니라고 못 하지요. (소리 내어 웃으며 탁자의 오른편 끝에 있는 고리버들 안락의자에 앉는다. 타이런이 메리 뒤로 돌아가 탁자 위의 상자에서 시가를 한 대 꺼내어 작은 가위로 끝을 자른다. 식당에서 제이미와 에드먼드의 목소리가 들린다. 메리가 그쪽으로 고개를 돌린다) 왜 애들이 식당에서 안 나오죠? 캐슬린이 식탁을 치우려고 기다리고 있을 텐데.

타이런 (농담조이지만 가시 돋친 어조로) 저 녀석들, 내가 들으면 안 되는 비밀 얘기를 하는 거겠지. 늙은이를 건드릴 새로운 음모를 꾸미고 있는 거야. (메리는 가타부타 않고 아들들 소리가 나는 쪽으로 고개를 돌리고 있다. 손이 탁자 위에서 초조하게 움직이고 있다. 타이런은 시가에 불을 붙인 후 자신의 자리인 탁자 오른쪽 흔들의자에 앉아 만족스럽게 연기를 뿜는다) 아침 먹고 피우는 첫 시가가 좋은 놈이면 세상 부러울 게 없어. 이 새로운 녀석은 그윽한 향이 있거든. 엄청나게 싸게 사기도 했고. 끝내주게 헐값이었지. 맥과이어가 이놈을 알려 줬어.

메리 (약간 신랄하게) 그 양반이 새로운 땅도 얹어 판 건 아니었으면 좋겠네요. 그치가 헐값에 파는 부동산은 별로니까요.

타이런 (방어하듯) 그건 아니오, 여보. 체스트넛 가에 있는 땅을 사라고 귀띔해 준 사람도 결국엔 맥과이어 아니오. 금방 올라서 상당한 이익을 얻었잖소.

메리 (애정을 담아 놀리듯 미소 짓는다) 맞아요. 그 유명한 행운의 손길이 우리에게 온 거죠. 맥과이어도 상상하진 못했겠지만……. (남편의 손을 톡톡 두드린다) 됐어요, 여보. 눈치가 빨라야 하는 부동산 거래에 당신 같은 사람은 젬병이라고 아무리 말해 줘도 소용없다니까요.

타이런 (발끈하며) 난 그런 거 모르오. 하지만 땅은 땅이고, 월스트리트의 사기꾼들이 파는 주식이나 채권보다는 훨씬 안전한 법이지. (달래듯) 하지만 아침 일찍부터 사업 얘기로 다툴 건 없지. (사이. 아들들의 목소리가 다시 들리고 발작적인 기침 소리도 들린다. 메리가 걱정스럽게 귀 기울인다. 손가락이 탁자 위에서 초조하게 움직인다)

메리 여보, 많이 안 먹는다고 야단쳐야 할 사람은 에드먼드라고요. 커피 말고는 거의 손도 대지 않더군요. 기력을 유지하려면 먹어야 해요. 계속 잔소리를 하지만 그저 입맛이 없다는 대답뿐이에요. 물론 지독한 여름 감기처럼 입맛을 빼앗아 가는 것도 없지만요.

타이런 그래, 당연한 일이지. 그러니 너무 걱정하지 말고—

메리 (재빨리) 걱정 안 해요. 며칠 푹 쉬면 곧 괜찮아질 거예요. (더 이상 이야기하고 싶지 않지만 어쩔 수 없는 듯) 하지만 이런 때 아프다니 정말 딱한 일이에요.

타이런 그래, 재수가 없어. (타이런이 걱정스러운 눈길로 메리를 잽싸게 훑어본다) 하지만 여보, 너무 속상해하지 마오. 당신도 스스로를 잘 돌봐야 한다고.

메리 (재빨리) 속상해하지 않아요. 속상해할 일은 하나도 없잖아요. 왜 내가 속상해하고 있다고 생각하는 거죠?

타이런 아니, 아니오. 그저 요 며칠 당신이 약간 예민한 것 같아서.

메리 (억지로 미소 지으며) 그랬어요? 말도 안 돼요, 여보. 당신 생각일 뿐이에요. (갑자기 팽팽하게 긴장하며) 그렇게 계속 나만 쳐다보고 있지 말아요, 여보. 그러면 내가 더 불편해진다니까요.

타이런 (신경질적으로 움직이는 메리의 손을 한 손으로 감싸며) 자, 자, 여보. 오해일 뿐이오. 내가 당신을 쳐다보는 건, 당신이 살도 오르고 너무 아름다워져서 눈을 뗄 수 없기 때문이라오. (갑자기 깊이 감동한 듯 목소리가 떨린다) 당신이 예전 모습 그대로 다시 돌아와 주니 얼마나 행복한지, 당신은 절대 모를 거요. (충동적으로 몸을 굽혀 메리의 뺨에 입 맞춘 후, 긴장감 있게 휙 돌아선다) 그러니 계속 노력해야 돼, 여보.

메리 (이미 고개를 돌리고 있다) 그럴게요, 여보. (불안한 듯 일어나서 오른쪽 창문으로 간다) 고마워라, 드디어 안개가 걷혔네. (몸을 돌린다) 오늘 아침엔 기분이 완전히 엉망이지 뭐예요. 밤새 저 끔찍한 안개 경보가 울리는 바람에 잠을 설쳤어요.

타이런 맞아, 뒷마당에서 고래 한 마리가 끙끙거리며 앓는 것 같더군. 나도 밤새 잠을 못 잤다오.

메리 (재미난 듯 정겹게) 그랬어요? 특이하게 불면증을 겪으셨네. 어찌나 코를 심하게 골던지 어느 게 안개 경보인지 분간을 할 수 없었는데! (웃음을 터뜨리며 타이런에게 다가가 뺨을 톡톡 두드린다) 안개 경보도 당신을 괴롭힐 수는 없더군요. 무신경하니까요, 당신은. 한 번도 예민해 본 일이 없지요.

타이런 (자존심이 상하여 퉁명스럽게) 말도 안 돼. 당신은 언제나 내 코 고는 소리를 과장한다니까.

메리 과장이라뇨. 당신이 그 소리를 직접 들어 본다면— (거실에서 웃음소리가 터져 나온다. 메리가 미소를 지으며 고개를 돌린다) 뭐가 저리 재밌는 걸까?

타이런 (심술궂게) 날 놀리는 소리겠지. 그 정도는 나도 알아. 언제나 노인네 놀리는 소리라니까.

메리 (약 올리듯) 그러게요, 우리 모두 왜들 그리 당신을 놀리는지! 너무 놀림감이 된다니까! (소리 내어 웃고는 한결 편안하고 즐거운 기색으로) 무슨 농담인지는 몰라도 에드먼드가 웃는 소리를 들으니 좋네요. 최근에 너무 입을 닫고 살았잖아요.

타이런 (못 들은 척하며 화난 목소리로) 제이미의 농담 덕분이겠지. 내기를 해도 좋아. 제이미란 녀석, 끊임없이 누군가를 비웃고 재밌어하거든.

메리 여보, 불쌍한 제이미를 트집 잡지 말아요. (자신 없이) 나중엔 잘 풀릴 테니 두고 보세요.

타이런 그 나중이란 게 언제가 될는지, 원. 벌써 서른넷이 다 되어 가잖아.

메리 (못들은 척하며) 맙소사, 하루 종일 식당에 앉아 있을 생각인가? (뒤쪽 복도로 가서 부른다) 제이미! 에드먼드! 거실로 나와, 캐슬린이 식탁 좀 치우게. (에드먼드가 〈가요, 엄마〉라고 대답한다. 메리가 다시 탁자로 돌아온다)

타이런 (투덜거리며) 당신은 애가 무슨 짓을 하든 변명거리를 찾아내지.

메리 (타이런 옆에 앉으며 손을 두드린다) 쉿.

제임스 2세(제이미)와 에드먼드가 함께 뒤쪽 복도에서 나온다. 둘 다 얼굴에 웃음이 걸려 있고, 웃음거리를 생각하며 여전히 낄낄댄다. 나오면서 아버지를 보더니 더 크게 히죽 웃는다.

형 제이미는 서른세 살이다. 아버지의 넓은 어깨와 가슴을 물려받았다. 키는 약간 더 크고 몸은 약간 더 말랐지만, 아버지보다 훨씬 작달막해 보인다. 우아한 몸가짐과 걸음걸이가 없는 탓이다. 아버지에게서 나타나는 활력 또한 찾아볼 수 없다. 일찌감치 노쇠해 가는 기미가 나타나 있다. 방탕함의 흔적에도 불구하고 여전히 잘생긴 얼굴이긴 하나, 어머니보다 아버지를 닮았음에도 타이런만큼 미남은 아니다. 아버지의 옅은 눈과 어머니 짙은 눈의 중간쯤 되는 고운 갈색 눈을 가졌다. 머리카락은 이미 성겨서 아버지처럼 대머리가 될 기미를 보인다. 코는 눈에 띄는 매부리코로 가족 중 누구와도 닮지 않았다. 냉소적인 표정과 어우러져 그의 모습은 메피스토펠레스[1] 같은 느낌을 풍긴다. 하지만 드물게 코웃음이 아닌 미소를 지을 때면 재미있고 낭만적이며 무책임한 아일랜드인의 매력을 풍긴다. 그 미소는 패배자로 위장한 감상적인 시인의 느낌을 주기 때문에, 여자들에겐 매력 있고 남자들에겐 인기 있는 모습이기도 하다.

그 역시 오래된 포대 자루 같은 양복을 걸치고 있긴 하지만, 옷깃을 달고 넥타이를 매고 있기 때문에 아버지처럼 허름해 보이지는 않는다. 창백한 피부는 그을었고 불그스름하게 주근깨가 생겼다.

에드먼드는 형보다 열 살 어리다. 하지만 키는 오륙 센티미터 더 크고, 말랐지만 강단 있다. 제이미가 어머니를 거의 닮지 않고 아버지를 빼쐈다고 한다면, 에드먼드는 양쪽을 다 닮았지만 어머니 쪽에 더 가깝다. 메리의 크고 어두운 눈동자를 에드먼드의 길고 좁은 아일랜드형 얼굴에서 볼 수 있다. 어머니처럼 에드먼드의 입매에도 지나친 예민함이 엿보인다. 그의 이마는 어머니보다 더 넓은데, 햇볕에 바래 끝부분이 붉게 변한 짙은 밤색 머리칼은 뒤로 빗어 넘겼다. 그러나 코는 아버지와 닮았고 옆얼굴

---

[1] Mephistopheles. 중세 파우스트 전설에 등장하는 악마. 파우스트는 부와 권력의 대가로 그에게 혼을 팔았다.

도 타이런을 연상시킨다. 손은 눈에 띄게 어머니를 닮았다. 똑같이 아주 긴 손가락을 가지고 있으며, 심지어는 미약하게나마 신경질적인 손동작까지 닮았다. 에드먼드와 어머니가 가장 닮은 점은 바로 극도로 신경질적인 예민함이다.

그는 병색이 완연하다. 평소보다 훨씬 더 마르고 눈은 열에 들떴으며 볼은 움푹 꺼져 있다. 피부는 햇볕에 갈색으로 그을었지만 바싹 말라 있고 누런 빛을 띤다. 셔츠에 옷깃을 달고 넥타이를 매고 있으며, 겉옷 없이 낡은 플란넬 바지와 갈색 운동화 차림이다.

메리 (미소 띤 얼굴로 아들들을 돌아보며, 다소 억지스럽게 꾸민 쾌활한 어조로) 너희 아버지 코 고는 소리를 놀려 주고 있던 참이었어. (타이런에게) 이젠 아이들에게 공을 넘겨야겠어요, 여보. 아이들도 당신 소리를 들었을걸요. 아니, 제이미, 넌 못 들었겠구나. 네 코 고는 소리가 복도를 건너 들릴 정도더라. 너도 아버지와 똑같아. 베개에 머리를 대기 바쁘게 곯아떨어지니, 안개 경보 열 개를 한꺼번에 울려도 깨우지 못할 거다. (갑자기 말을 끊고, 불안한 눈길로 탐색하듯 자신을 바라보는 제이미의 눈을 살핀다. 미소가 사라지고 행동은 부자연스러워진다) 제이미, 왜 나를 뚫어져라 보는 거니? (손을 올려 머리칼을 더듬는다) 머리칼이 흐트러졌나? 이젠 머리 손질하기도 쉽지 않아. 눈이 너무 나빠져서 안경도 잘 못 찾겠어.

제이미 (죄책감에 고개를 돌리며) 어머니, 머리칼은 괜찮아요. 어머니가 얼마나 근사한지 생각하고 있었어요.

타이런 (쾌활하게) 내 말이 바로 그 말이라니까, 애야. 살도 오르고 원기 왕성해지니, 이제는 네 엄마를 감당할 수가 없구나.

에드먼드 그래요 엄마, 정말 근사해 보여요. (메리는 다시 안심이 되어 에드먼드에게 사랑스러운 미소를 짓는다. 에드먼드가 장난스럽게 미소 지으며 윙크한다) 아버지의 코골이에 관해서라면 제가 한 수 거들어 드리죠, 엄마. 맙소사, 얼마나 요란하던지!

제이미 나도 들었어. (삼류 배우 흉내를 내며 인용한다) 〈무어 장군이다! 그분의 나팔 소리다!〉[2] (메리와 에드먼드가 소리 내어 웃는다)

타이런 (준엄하게) 만약 내 코골이가 경마가 아닌 셰익스피어를 생각나게 한다면, 기꺼이 계속하겠다.

메리 아이 참, 여보! 그렇게 정색할 것까지야 없잖아요. (제이미는 어깨를 으쓱하고 메리의 오른편 의자에 앉는다)

---

2 「오셀로」 제2막 제1장.

에드먼드 (성가시다는 듯) 맞아요, 아버지는 정말! 아침 먹자마자 하는 얘기라니! 좀 쉬어 갑시다, 예? (형이 앉은 자리 옆, 탁자 왼쪽 의자에 주저앉는다. 타이런은 못 들은 체한다)

메리 (꾸짖듯) 아버지는 네가 잘못했다고 하시는 게 아니야. 항상 제이미 형 편만 드는구나. 네가 열 살 더 먹은 형이라고 생각하나 보지.

제이미 (지겹다는 듯) 웬 소동이람? 잊어버리자고요.

타이런 (멸시하듯) 그래, 잊어버려! 만사 잊어버리고 아무것도 맞대면하지 마라! 인생에 야심 하나 없는 놈에게 딱 맞는 개똥철학이지.

메리 여보, 제발 그만해요. (구슬리듯 팔을 타이런의 어깨에 두른다) 잘 못 주무셨나 봐. (화제를 바꾸며 아들들에게) 너희들, 들어올 때 왜 그리 웃는 고양이처럼 빙글거렸니? 무슨 재미난 얘기를 했기에?

타이런 (안쓰러울 정도로 쾌활한 척하려 애쓰며) 그래, 얘들아, 우리도 끼워 주렴. 엄마에게도 말했다시피 너희들이 날 놀려 먹는 줄은 잘 알고 있다만, 그러면 좀 어떠냐. 어제오늘 일도 아닌 걸.

제이미 (무미건조하게) 내가 아닌데. 꼬마가 한 얘기예요.

에드먼드 (히죽 웃는다) 아버지, 어젯밤 얘기하려다 잊어버렸던 거예요. 어제 산책 나갔다가 선술집에 들렀는데—

메리 (걱정스럽게) 에드먼드, 너 술 마시면 안 되는데.

에드먼드 (못 들은 척하고 계속한다) 거기서 엉덩짝을 붙이고 있는 쇼너시 영감을 만난 게 아니겠어요? 아버지 농장 소작인 말이에요.

메리 (미소 지으며) 그 엉터리 같은 영감! 하지만 재미있는 사람이지.

타이런 (쏘아보며) 그 영감을 부려 보면 그렇게 재미있지 않을걸. 교활한 아일랜드 촌놈이거든. 병따개 뒤에라도 숨을 수 있는 놈이지. 지금쯤 한참 투덜대는 중일 거야. 안 봐도 알아, 에드먼드. 소작료를 낮춰 주기를 바라고 있지. 땅을 그냥 두기 싫어서 거의 거저로 빌려 주었더니, 쫓아내겠다고 협박하기 전에는 절대 소작료를 안 낸다니까.

에드먼드 아뇨, 아무 불평도 않던데요. 너무 기분 좋아하며 술을 사기까지 했어요. 듣도 보도 못한 일이죠. 아버지 친구 있잖아요, 스탠더드 오일 사장 하커 씨. 그이와 대판 싸우고서 멋진 승리를 거두었다고 기분이 째져 있더라고요.

메리 (대경실색하면서도 재미있어하며) 아이고, 하느님! 여보, 무슨 조치라도 취해야지ㅡ

타이런 안 되겠군, 쇼너시 녀석!

제이미 (악의적으로) 다음번에 아버지가 클럽 모임에서 정중하게 인사를 해도 하커 씨는 못 본 체할 게 뻔해.

에드먼드 맞아. 아버지 소작농이 미국 석유왕 앞에서 굽실대지 않았으니, 하커 씨는 아버지도 신사가 아니라고 생각할 거야.

타이런 사회주의자들이 지껄이는 소리, 난 상관 안 한다.

메리 (재치 있게) 하던 얘기 계속해 보렴, 에드먼드.

에드먼드 (부아를 돋우려는 듯 아버지를 보고 씩 웃는다) 거 왜, 하커 씨네 대지에 있는 냉각 용수 저수지가 아버지 농장과 붙어 있잖아요. 쇼너시는 돼지를 치고요. 아마 울타리에 구멍이라도 난 건지, 돼지들이 백만장자네 연못에 가서 목욕을 즐겼나 봐요. 하커 씨네 집지기가 까바치기를, 쇼너시가 일부러 울타리에 구멍을 뚫어 돼지들에게 냉수욕을 즐기게 했을 거라고 한 거예요.

메리 (놀랍지만 재미있기도 하여) 아이고 맙소사!

타이런 (뚱하게, 하지만 감탄한 기색으로) 쇼너시라면 정말로 그럴 법하지, 더러운 말썽꾼 같으니. 꼭 그랬을 거야.

에드먼드 그래서 하커 씨가 직접 쇼너시를 문책하려고 온 거예요. (낄낄댄다) 멍청이 같은 짓이었죠! 우리 나라 자본가들, 특히 자산을 물려받아 부자가 되신 분들은 돌대가리라는 사실이 증명된 사례죠.

타이런 (생각하기 전에 먼저 긍정한다) 맞아, 하커는 쇼너시의 적수가 되지 못해. (그런 다음 으르렁댄다) 무정부주의자 같은 말일랑 내 앞에서 하지 마라. 내 집 안에서 그런 말 듣기 싫다. (그러나 다음 이야기가 궁금해 죽을 지경이다) 그래서 어떻게 됐어?

에드먼드 내가 권투 선수와 한판 붙는 거나 마찬가지 경우가 되어 버렸죠. 쇼너시는 몇 잔 걸치고 거나해서는 하커 씨를 맞기 위해 문간에서 기다리고 있었어요. 하커 씨가 입 한 번 달싹할 겨를도 주지 않았다고 하더라고요. 자기는 스탠더드 오일 따위에 짓밟혀 살 사람이 아니라고 고함을 질렀대요. 일만 제대로 풀렸다면 자기는 아일랜드의 왕이 되었을 사람이고, 쓰레기 같은 놈은 가난한 사람들의 돈을 빼앗아 부자가 되더라도 여전히 쓰레기 같은 놈이라고 했다나요.

메리 오, 맙소사! (하지만 웃음을 그치지 못한다)

에드먼드 그러곤 하커 씨에게 욕을 퍼부었대요. 집지기를 시켜 울타리를 부수고 돼지를 연못으로 꾀어 죽이려 했다는 거죠. 고래고래 고함을 질렀대요. 불쌍한 돼지 새끼들이 감기 걸려 죽는다고요. 벌써 많은 놈들이 폐렴으로 죽어 가고 있고 다른 놈들은 더러운 물을 먹고 콜레라로 몸져누웠대요. 변호사를 고용해 손해배상을 받아야겠다고 했대요. 마지막으로 덧붙이기를, 참는 것도 한도가 있다면서 옻나무, 가막사리, 메뚜기, 뱀, 스컹크는 다 참아도 스탠더드 오일 도둑놈이 농장에 침범해 들어오는 건 도저히 참을 수 없다고 했다나요. 〈그러니 하커 씨, 개를 풀어놓기 전에 내 안마당에서 그 더러운 발을 거두어 가시지.〉 그래서 하커 씨는 달아날 수밖에 없었다는군요! (에드먼드와 제이미가 웃음을 터뜨린다)

메리 (놀라워하면서도 낄낄거린다) 맙소사, 얼마나 매운 말발인지!

타이런 (생각도 하기 전에 감탄하여) 에라, 빌어먹을 친구 같으니! 하여간 그 친구는 천하무적이라니까! (웃음을 터뜨리다가 갑자기 멈추고 눈에 불을 켠다) 더러운 말썽꾼 같으니! 난 이제 낭패다. 내가 불같이 화를 낼 거라고 말해 주지 그랬 ──

에드먼드 우리 아버지가 아일랜드인의 위대한 승리를 듣고 포복절도할 거라고 했는데요. 지금 그러셨잖아요. 아닌 척하지 마세요, 아버지.

타이런 뭘, 포복절도는 아냐.

메리 (짓궂게) 그러시면서 뭐. 당신 지금 신이 나서 넘어가잖아요.

타이런 아니야, 여보. 농담은 농담이지······.

에드먼드 난 쇼녀시에게 말해 주었어요. 스탠더드 오일 재벌의 연못에 어울리는 돼지 냄새를 얹어 준 거라고 얘기하지 그랬냐고요.

타이런 잘한다! (인상을 찡그리며) 그 잘난 사회주의자 무정부주의자 취향을 내 사업에 끼워 넣지 마라!

에드먼드 쇼너시는 그런 말은 미처 생각하지 못했다며 땅을 치고 한탄할 지경이었어요. 하지만 못다 한 욕설을 편지로 준비하고 있는데 거기에 꼭 넣겠다고 했어요. (에드먼드와 제이미가 소리 내어 웃는다)

타이런 뭐가 그리 우스운 거냐? 참 장한 아들이구나. 아비를 법정에 가게 만들려는 불한당을 도와주고 있으니!

메리 아이, 여보, 열받지 마세요.

타이런 (제이미를 향해) 넌 더 나쁜 놈이다. 동생을 부추기기나 하고. 그 자리에 있었더라면 쇼너시에게 야비한 욕설을 몇 가지 더 가르쳐 주었을 텐데, 아쉽지? 딴건 몰라도 그 방면에는 정말 소질이 있지 않니.

메리 여보! 왜 제이미를 꾸짖고 그러세요. (제이미는 아버지에게 빈정거리며 말대꾸를 하려다가 어깨를 한번 으쓱하고 만다)

에드먼드 (갑자기 짜증을 내며) 아아, 제발 아버지! 또 그런 얘기를 하는 거라면 난 여기서 꺼지겠어요. (벌떡 일어난다) 위층에 책을 두고 오기도 했고. (응접실 쪽으로 가며 밥맛 떨어진다는 듯) 제발 아버지, 그렇게 말하는 것도 지겹지 않나요……? (퇴장. 타이런이 붉으락푸르락해서 그 뒤를 쳐다본다)

메리 에드먼드 얘긴 신경 쓰지 말아요, 여보. 몸이 정상이 아니잖아요. (에드먼드가 위층으로 올라가며 기침하는 소리가 들린다. 메리가 초조하게 덧붙인다) 여름 감기에 걸리면 누구라도 성마르게 굴게 된다니까요.

제이미 (진심으로 걱정이 되어) 단순한 감기가 아니에요. 애가 많이 아프다니까. (타이런이 날카로운 경고의 눈빛을 보내지만 제이미는 보지 못한다)

메리 (불만스럽게 돌아본다) 왜 그런 말을 하는 거지? 단순한 감기일 뿐이야! 누구든 보면 알 수 있어! 넌 언제나 없는 걸 꾸며 낸다니까!

타이런 (다시 경고의 눈빛을 제이미에게 보내며, 건성으로) 제이미 얘기는, 감기 말고 다른 병이 있는 건지도 모른다는 소리야. 그러면 감기가 더 악화되니까.

제이미 맞아요, 어머니. 그런 뜻이었어요.

타이런 하디 선생은 에드먼드가 열대 지방에서 지내면서 말라리아에 걸렸을지도 모른다더군. 그렇다 해도 키니네가 있으면 금방 치료할 수 있어.

메리 (순간 얼굴이 사납게 변하며 멸시하듯) 하디 선생! 그이가 성경책을 산더미처럼 쌓아 놓고 맹세를 한대도 난 안 믿어! 의사들이란 게 다 그렇지. 다 똑같아. 환자를 모으기 위해서라면 무슨 짓이든 할 인간들이라니까. (식구들의 눈길이 자신에게 꽂혀 있는 것을 예민하게 느끼는 순간 헉하고 멈춘다. 손이 경련하듯 신경질적으로 머리카락을 더듬는다. 억지 미소를 지으며) 왜? 뭘 보고 있는 거야? 내 머리카락?

타이런 (미안한 마음에 짐짓 열띠게 팔을 아내에게 두르고 장난스럽게 포옹한다) 당신 머리 모양은 완벽해. 건강해지고 살이 붙을수록 더 완벽해지려고 한단 말이지, 당신은. 조만간 거울 앞에서 한나절을 앉아 매무새를 다듬고 있겠군.

메리 (안심하여) 정말 새 안경이 필요해요. 눈이 너무 나빠졌다니까.

타이런 (아일랜드인 특유의 감언이설로) 당신 눈은 정말 아름다워. 자기도 그걸 잘 알면서. (아내에게 키스한다. 메리의 얼굴이 수줍고 무안한 듯 아름답게 밝아진다. 갑자기 그녀의 얼굴에 예전 소녀 적 모습이 피어난다. 그것은 죽은 혼령 같은 모습이 아니라 여전히 그녀 속에 살아 있는 일부이다)

메리 여보, 그렇게 유치한 말을 하다니. 그것도 제이미 앞에서!

타이런 아아, 제이미도 동감할걸. 당신이 눈이니 머리칼이니 하는 게 다 칭찬을 이끌어 내기 위해 있다는 걸 모를 리 없잖아. 그렇지, 제이미?

제이미 (그 또한 얼굴이 밝아지면서 어머니를 보고 웃는데, 그 모습에서 소년 시절의 매력이 되살아난다) 맞아요, 어머니. 우릴 속이진 못하죠.

메리 (소리 내어 웃고는 아일랜드 억양이 섞인 목소리로) 그만해, 둘 다! (소녀 같은 진지함으로) 나 정말로 멋진 머릿결을 가졌었는데. 그렇죠, 제임스?

타이런 세상에서 제일 아름다운 머리카락이었지!

메리 붉은 기가 도는 보기 드문 갈색 머리였지. 게다가 어찌나 긴지 무릎 아래까지 내려왔어. 너도 알아 둬야 해, 제이미. 에드먼드를 낳기 전에는 흰머리가 하나도 없었어. 그러다가 호호백발이 되어 버렸지. (소녀 같은 모습이 사라진다)

타이런 (잽싸게) 그래서 더 멋있어졌어.

메리 (다시 무안해하면서도 기뻐서) 네 아버지 좀 보렴, 제이미. 결혼 35년차에 저게 할 소리니? 괜히 대배우가 아니야. 난데없이 왜 그런대요, 여보? 코골이로 놀렸다고 얼굴 화끈거리게 복수하는 거예요? 그렇다면 다 취소하지요. 내가 들은 건 안개 경보 소리였어요. (메리가 소리 내어 웃자 다들 따라 웃는다. 메리가 활기 있고 사무적인 투로 바꿔 말한다) 하지만 더 이상 같이 있을 수가 없네요. 칭찬만 해주시는데 말이에요. 저녁 식사와 시장 볼 거리 때문에 요리사와 이야기를 좀 해야겠어요. (몸을 일으켜 우스꽝스럽고 과장된 태도로 한숨을 쉰다) 브리짓은 정말 게을러 터졌어. 게다가 잔꾀까지. 어찌나 일가친척 얘기를 해대는지 도대체 뭐라고 말을 꺼내 야단쳐야 할지도 모르겠지 뭐예요. 어떻게든 해야 할 텐데. (뒤쪽 복도로 가다가 돌아서는데, 얼굴빛이 수심으로 어둡다) 에드먼드한테는 일 시키지 마세요. 아셨죠, 여보? (다시금 묘하게 고집 어린 얼굴로) 충분히 건강하긴 하지만 땀을 흘리면 감기가 더 심해질지도 모르잖아요. (뒤쪽 복도로 사라진다. 타이런은 잔뜩 못마땅한 얼굴로 제이미를 향해 돌아선다)

타이런 이런 골 빈 놈 같으니라고! 대체 무슨 생각을 하는 거냐? 에드먼드 얘기로 네 어미를 더 걱정시켜서 도대체 어쩔 셈이야!

제이미 (어깨를 으쓱하며) 알았어요, 아버지 뜻대로 하세요. 하지만 어머니가 그런 식으로 자신을 속이게 두는 건 옳지 않아요. 나중에 진실을 대면할 때 더 큰 충격을 받을 뿐이죠. 어머니는 여름 감기니 뭐니 하면서 일부러 자신을 속이고 있는 거잖아요. 스스로 더 잘 알고 계시니까.

타이런 뭘 알아? 그 누구도 확실히 아는 건 없어.

제이미 아, 전 알아요. 월요일에 에드먼드와 함께 하디 선생에게 갔었으니까요. 그이가 말라리아니 뭐니 하는 소릴 들었어요. 농간을 부리고 있는 거죠. 그는 이제 그렇게 생각하지 않거든요. 저도 알고 아버지도 알아요. 어제 시내 나갔을 때 하디와 얘기하셨죠?

타이런 아무것도 확신할 수 없다더라. 오늘 에드먼드가 진찰받으러 가기 전에 내게 전화해 주기로 했어.

제이미 (느릿느릿) 폐결핵이라고 그러죠?

타이런 (주저하면서) 그럴 수도 있다더라.

제이미 (울컥해서 동생에 대한 애정을 드러내며) 불쌍한 녀석! 제기랄! (비난하듯 아버지에게 대든다) 애가 처음 아팠을 때 진짜 의사에게 데려갔으면 이런 일은 없었을 거예요.

타이런 하디가 뭐가 어때서? 여기서는 내내 하디가 우리 주치의였다.

제이미 완전 엉터리죠! 이런 촌구석에서조차 하디는 삼류라고요! 싸구려 돌팔이 의사!

타이런 그래, 잘한다! 하디를 깔고 뭉개라! 모두 다 깔아뭉개 버려! 너한테는 누구나 엉터리지!

제이미 (경멸하듯) 하디는 1달러밖에 안 받잖아요. 그러니 아버진 그이가 괜찮은 의사라고 생각하는 거지!

타이런 (찔려서) 그만해! 취하지도 않았으면서! 변명 거리도 없는 주제에— (자신을 억제하고 다소 방어적으로) 부자 휴양객들을 빨아먹는 훌륭한 의사 선생님을 고를 여유가 없다는 거, 너도—

제이미 여유가 없다고요? 아버진 이 동네에서 제일가는 유지라고요.

타이런 그렇다고 내가 거부는 아니지 않니. 모두 빚으로 산 거니까.

제이미 빚 갚는 대신 그 돈으로 더 많은 땅을 사잖아요. 에드먼드가 아버지 원하는 땅뙈기였다면 무슨 짓을 해서라도 샀을 테죠!

타이런 당치 않은 소리! 하디 선생을 비웃는 소리도 당치 않다! 그이는 겉치레를 하는 것도 아니고 병원도 괜찮은 위치에 있지 않고 비싼 차를 타고 돌아다니는 것도 아니잖아. 다른 놈들은 그러느라고 혓바닥 한번 들여다보고 5달러를 내라고 하는 거야. 기술이 좋아서가 아니라고.

제이미 (경멸하듯 어깨를 으쓱한다) 그래, 맞아요. 말싸움을 하다니 내가 바보지. 얼룩말 무늬를 바꿀 수가 있겠느냐고요.

타이런 (조금씩 역정을 내며) 절대 바꿀 수 없지. 너를 보면 너무 잘 알 수 있는 말 아니냐. 네 무늬가 바뀌리라는 희망은 버린 지 오래다. 네가 감히 나한테 여유가 있다느니 없다느니 들먹여? 너 같은 놈은 1달러의 가치를 결코 알지 못할 거다. 평생 1달러라도 모아 본 적이 있어야지! 한 시즌 끝날 때마다 빈털터리 꼴 아니냐! 매주 받는 봉급을 계집과 술에다 쏟아붓느라 말이야!

제이미 봉급? 봉급 같은 소리 하시네!

타이런 네가 한 일보다 훨씬 더 주는 거다. 내가 아니면 그만큼 받지도 못해. 네가 내 아들이 아니었어 봐라, 이 바닥에서 어떤 매니저가 네게 배역을 맡기겠는가. 넌 그 정도로 형편없단 말이다. 그러니 내가 자존심을 굽히고 사정사정하는 거야. 우리 아들이 맘 고쳐먹었다고. 얼토당토않은 소리인 줄 알면서 말이지!

제이미 난 배우가 되고 싶지 않았다고요. 아버지가 나를 무대 위로 내몰고 갔지.

타이런 허튼소리! 다른 일은 도대체 찾아보려고 하지도 않았잖아. 내가 대신 네 일을 찾아 줘야 했는데, 난 극장 말고는 아는 곳도 없었어. 내가 너를 내몰았다고? 넌 술집을 배회하는 것 말고는 아무것도 원하지 않았잖아. 게으름뱅이처럼 자빠져서 평생 내 피를 빨아먹었잖아! 학교 보내느라 돈을 처들였는데 가는 곳마다 퇴학당하는 게 다였지!

제이미 아이고, 하느님 맙소사! 또 옛날 이야기 끄집어내시네!

타이런 여름마다 집에 와서 내 피를 빨아먹는데 그게 무슨 옛날 이야기란 말이냐.

제이미 마당에서 일하면서 하숙비는 벌었잖아요. 일꾼 하나 거느린 셈이었으니까.

타이런 하! 그 정도 시키는 것도 힘들었다, 너는! (역정이 가시면서 푸념으로 바뀐다) 약간이라도 고맙다는 표시를 했으면 말도 안 한다. 받은 거라곤 깐깐한 자린고비라는 비웃음뿐이었으니. 아비 직업을 비웃고 세상 모든 것을 다 비웃지. 저 혼자만 잘났지.

제이미 (비꼬듯) 그건 아닌데요, 아버지. 내가 하는 혼잣말도 못 들어 보셨으면서.

타이런 (무슨 말인지 모르고 아들을 바라보다가 기계적으로 대사를 암송한다) 〈불효는 땅에서 가장 독한 잡초이니!〉

제이미 그 얘기 하실 줄 알았어요! 아이고, 몇 천 번이나 들은 소린지! (입씨름이 지겨워져 입을 닫고 어깨를 으쓱한다) 됐어요, 아버지. 난 놈팡이죠. 좋으실 대로 하시고 말다툼일랑 끝냅시다.

타이런 (분노가 치밀어 올라 호소하듯) 그 텅 빈 머릿속에 야심이란 게 들어 있기만 하다면! 넌 어려서 모른다. 아직 넌 할 수 있어. 좋은 배우가 될 소질이 있다니까! 여전히 가능해. 넌 내 아들이거든!

제이미 (지겹다는 듯) 난 됐으니 잊어버리세요. 난 관심 없어요. 아버지도 그러시면서 뭘. (타이런이 단념한다. 제이미가 아무렇지 않은 듯 계속 말한다) 어쩌다가 이 얘기를 하게 됐지? 아, 하디 선생. 에드먼드 얘기는 언제 해주시겠대요?

타이런 점심때쯤. (사이. 방어적으로) 에드먼드를 더 나은 의사에게 보낼 순 없었어. 여기선 애가 아플 때마다 하디가 치료를 했거든. 애가 요만할 때부터. 그이보다 그 애 체질을 잘 아는 의사는 없지. 네 주장처럼 내가 구두쇠라서가 아니란 말이다. (씁쓸하게) 게다가 대학에서 쫓겨난 이후 제멋대로 살면서 망가뜨린 건강을 어떤 명의인들 고쳐 놓을 수 있겠니? 그 앤 예비

학교에 가기 전부터 너를 따라 방탕하게 놀기 시작했지. 체질은 약해 빠진 주제에 말이다. 너야 날 닮아 건강 체질이지. 나 젊을 때는 그랬단 얘기다. 하지만 에드먼드는 제 엄마처럼 예민한 신경 덩어리거든. 몸이 버텨 내지 못할 거라고 그렇게 얘기해 왔건만 도통 듣지 않더니, 이제는 너무 늦어 버렸지 뭐냐.

제이미 (날카롭게) 너무 늦었다니 무슨 뜻이죠? 아버지는 마치—

타이런 (찔끔해서 벌컥 화를 내며) 바보 같은 소리! 난 분명히 보이는 얘기를 할 뿐이다! 건강을 망쳐 놓았으니 오랫동안 병석에 누워 있어야 할 것 아니냐.

제이미 (설명을 무시하고 아버지를 주시한다) 폐결핵이 불치병이라는 건 아일랜드 농부들이나 하는 생각이죠. 눅눅한 촌구석에서야 그럴지도 모르지만 여기에는 현대적인 치료법도 있고—

타이런 나도 안다고! 도대체 무슨 소리를 지껄이는 거냐? 아일랜드에 대고 농부니 눅눅한 촌구석이니 하고 더러운 입 놀리지 마라! (비난하듯) 에드먼드 병 얘기를 하면 할수록 네가 더 찔릴걸! 누구보다 그 애 병에 책임이 있는 건 너야!

제이미 (뜨끔해서) 말도 안 돼! 참을 수 없어!

타이런 사실이야! 네가 가장 나쁜 영향을 미쳤으니까. 그 애는 너를 영웅으로 떠받들면서 컸거든! 참 잘난 영웅이지 뭐냐! 넌 몹쓸 충고 말고는 그 애한테 뭐 하나 해준 게 없지! 소위 세속적인 지혜로 그 애를 가득 부풀려 놓는 바람에 애가 일찌감치 늙어 버린 게 아니냐. 그 아이는 너무 어려서 그 독설이 인생의 실패자에게서 나오는 것인 줄도 몰랐지. 넌 세상 남자는 모두 영혼이라도 팔아먹을 상놈이고, 세상 여자는 모두 창녀 아니면 멍청이라는 식이지.

제이미 (다시 지겹다는 듯 무관심한 태도로 방어한다) 그래, 맞아요. 내가 에드먼드에게 세상을 가르쳤어요. 하지만 그건 그 애 건강이 문제를 일으키기 시작한 후였고, 그 애는 내가 형다운 건전한 얘기를 하려고 하면 비웃었다고요. 난 그 애와 친구와 되어서 완전히 솔직하게 내 실수를 보여 주고, 그걸 통해 배워서……. (어깨를 으쓱하고 냉소적으로) 뭐, 훌륭한 사람은 못 되더라도 최소한 신중한 사람이 되라는 뜻이죠. (타이런이 멸시하듯 콧방귀를 뀐다. 갑자기 제이미가 정말로 울컥한다) 말도 안 되는 비난을 하시네요, 아버진. 내가 꼬마를 얼마나 아끼는지 아시면서, 우리 둘이 얼마나 친한지 아시면서……. 우린 보통 형제들하고 달라요! 난 그 아이를 위해서 뭐든 할 수 있다고요.

타이런 (감동하여 달래듯) 제이미, 네가 그게 최선이라고 생각했다는 거 알아. 네가 일부러 그 애를 망쳤다는 말은 아니다.

제이미 그런 얼토당토않은 소리라니! 에드먼드는 다른 사람이 뭐라고 하든 자신이 원하는 만큼만 받아들이는 애예요. 워낙 조용하다 보니 사람들은 자기 맘대로 그 애를 조종할 수 있다고 믿지만요. 하지만 그 애는 고집불통이라 저 하고 싶은 대로만 하는 애라고요. 다른 사람 말을 듣다니 개뿔! 최근 몇 년 동안 그 애가 한 미친 짓거리들과 내가 무슨 상관이람. 뱃사람이 되어서 온 세상을 휘젓고 다니고 말이죠. 난 그게 정신 나간 짓이라고 생각한다고 말했거든요. 아버진 내가 남미 어느 해변에서 놀며 지낸다든가 컴컴한 술집에서 싸구려 술을 마시는 모습을 상상이나 할 수 있어요? 절대 아니거든요! 난 브로드웨이가 좋아요! 욕실 딸린 방과 정품 버번을 주는 바가 있어야지.

타이런 그 잘난 브로드웨이! 그 덕에 네가 이 꼴이 됐지 뭐냐! (자부심을 드러내며) 에드먼드는 적어도 제 방식대로 치고 나가는 배짱이 있단 말이지. 돈만 떨어졌다 하면 징징대고 내게 오진 않아.

제이미 (뜨끔해서 시기 섞인 투로 빈정대며) 항상 빈털터리가 되어서야 집에 왔죠, 아닌가요? 그래, 치고 나가서 어떻게 되었나요? 지금 꼴을 보시죠! (갑자기 부끄러워져서) 제기랄! 거지 같은 소릴 했군. 그럴 뜻은 아니었는데.

타이런 (못 들은 체하며) 신문에 글을 잘 쓰고 있었잖아.

마침내 하고 싶은 일을 찾아낸 것이겠거니 싶었는데.

제이미 (시기심에 다시 빈정거리며) 촌구석 싸구려 신문! 사람들이 아버지에게 무슨 감언이설을 어떻게 하는지 모르겠지만, 내게는 엉터리 기자라고 하던데요. 아버지 아들이 아니었으면— (다시 부끄러워져서) 아니, 아녜요! 신문사에서는 에드먼드가 들어온 걸 좋아하지만, 그 애가 잘하는 건 따로 있어요. 그 애가 쓴 시나 풍자를 보면 굉장한 게 있어요. (다시 심술 맞게) 그걸로 무슨 성공을 그리 하겠냐만. (황급히) 어쨌든 멋지게 시작은 했지요.

타이런 그래, 시작은 했어. 너도 신문 기자가 되고 싶다는 얘기는 했다만, 한 번도 바닥에서부터 시작하겠다고 한 적은 없지. 너는—

제이미 아아, 제발 아버지! 날 좀 가만히 내버려 둘 수 없나요!

타이런 (아들을 한참 쳐다보다가 잠시 후 외면하며) 지금 같은 때 에드먼드가 아프다니 참 복도 지지리 없지. 이보다 더 나쁠 수는 없어. (은밀한 불안감을 숨기지 못하고 덧붙인다) 너희 엄마에게도 그래. 이런 일로 심란하게 됐으니, 일도 참 꼬이는구나. 걱정 없이 마음의 평화와 자유를 누려야 할 때인데 말이지. 집에 오고 나서 두 달간 얼마나 잘하고 있었는데. (쉰 목소리가 약간 떨린다) 천국 같았어. 다시 집이 된 거지. 말할 필요도 없겠지만, 제이미. (아들이 처음으로 이해하는 듯한 공감의 눈길로 아버지를 쳐다본다. 적개심은 사라지고 갑자기 깊은 공감의 연대가 형성된 듯하다)

제이미 (점잖다 싶을 정도로) 나도 그랬어요, 아버지.

타이런 그래, 이번엔 너희 엄마가 정말 강하고 확신에 차 있는 것처럼 보였다. 다른 때와는 전혀 다른 사람 같았어. 신경과민도 잘 다스리고. 적어도 에드먼드가 아프기 전까지는 그랬지. 지금은 막연히 긴장하며 겁을 먹는 걸 느낄 수 있어. 제발 너희 엄마가 진실을 몰랐으면 좋겠지만, 에드먼드가 요양원으로 가게 되면 숨길 수 없겠지. 게다가 너희 외할아버지가 폐결핵으로 돌아가셨거든. 너희 엄마는 외할아버지를 너무 사랑해서 그 사실을 도저히 잊지 못해. 그래, 참으로 어려운 시기가 될 거야, 너희 엄마에겐. 하지만 잘 이겨낼 테지! 지금은 의지력이 있으니까! 우린 할 수 있는 한 모든 방면으로 너희 엄마를 도와줘야 한다.

제이미 (뭉클하여) 그럼요, 아버지. (주저하며) 신경과민만 빼면 오늘 아침에도 완벽해 보였어요.

타이런 (진심으로 확신하여) 완벽 그 자체였지. 재미있고 장난스럽고. (갑자기 제이미를 의심스럽게 쳐다보며 얼굴을 찡그린다) 완벽해 보였다니 무슨 소리냐? 실상은 그렇지 않다는 말이냐? 도대체 무슨 뜻이냐?

제이미 또 덤벼들지 마세요! 제발, 아버지, 이건 우리가 싸우지 않고 터놓고 얘기해야 하는 거라고요.

타이런 미안하다, 애야. (긴장하여) 그러니 얘기를 계속해 보려—

제이미 계속할 것도 없어요. 내가 완전히 잘못 생각했어요. 단지 간밤에……. 거 왜, 잘 아시잖아요. 예전 일을 잊을 수가 없어요. 계속 의심이 들어요. 아버지도 그러시겠지만. (비통하게) 끔찍하죠. 어머니도 지옥 같을걸요! 우리가 지켜보는 걸 어머니 역시 지켜보고 있으니까…….

타이런 (서글프게) 알아. (긴장하여) 그래, 어젯밤 일이 뭔데? 단도직입적으로 말해 봐.

제이미 그런 건 없다니까요. 그냥 내 바보 같은 생각이라고요. 새벽 3시쯤 잠이 깼는데 빈방에서 어머니가 돌아다니는 소리가 들렸어요. 그러더니 욕실로 가는 소리가 났죠. 난 계속 잠들어 있는 척했어요. 복도에서 멈추고 귀를 기울이시더군요. 마치 내가 자는지 어떤지 확인하려는 듯.

타이런 (짐짓 꾸짖으며) 뭐냐, 그게 전부야? 너희 엄마가 안개 경보 때문에 밤새 잠을 못 잤다고 하지 않았니! 게다가 에드먼드가 아픈 다음부터는 오르락내리락하면서 그 애 상태가 어떤지 살피러 방에 오지 않니.

제이미 (다급하게) 그래요, 맞아요. 에드먼드 방 앞에서 멈추고 기척을 듣더군요. (다시 주저하며) 어머니가 빈

방에 가시는 것 때문에 무서워요. 어머니 혼자 거기서 주무시는 건 항상 안 좋은 징조라서—

타이런 이번엔 아니야! 쉽게 설명되잖아. 내가 코를 고는데 한밤중에 달리 어디로 피하겠니? (치밀어 오른 화를 버럭 터뜨린다) 맙소사, 너는 만사 최악의 경우만 생각하면서 어떻게 사는지 도저히 알 수가 없구나!

제이미 (뜨끔해서) 그런 억지소리 마세요! 내가 잘못 생각했다고 했잖아요. 나도 아버지만큼 기쁘다고요!

타이런 (달래듯) 그런 줄 안다, 얘야. (사이. 타이런의 얼굴이 점점 침울해진다. 막연한 두려움에 사로잡혀 천천히 말을 잇는다) 에드먼드 걱정 때문에 또다시 그렇게 빠져든다면 그거야말로 저주스러운 일이다……. 그 아이를 낳고 오래도록 아프면서 처음 시작했던 거니까—

제이미 어머니는 아무 잘못 없어요!

타이런 너희 엄마를 비난하는 게 아니야.

제이미 (물어뜯을 듯) 그럼 누구를 비난하는 건데요? 멋모르고 태어난 에드먼드요?

타이런 이런 바보 녀석! 아무도 비난할 수 없어.

제이미 빌어먹을 놈의 의사 선생을 비난해야죠! 어머니가 얘기하시던데, 그 선생도 하디처럼 돌팔이였다면서요! 아버지는 일급 의사에게는 안 가니까—

타이런 거짓말! (분기탱천하여) 그래, 내가 욕을 먹어야 한단 말이지! 네 말이 그거 아니냐. 비딱하기 짝이 없는 놈팡이 주제에!

제이미 (식당에서 움직이는 메리의 기척에 경고하듯) 쉿! (타이런이 황급히 일어나 오른쪽 창문을 내다보러 간다. 제이미는 어조를 완전히 바꾼다) 저기, 오늘 앞뜰 울타리를 손질하려면 지금 일하러 가야 할 것 같은데요. (메리가 뒤쪽 복도에서 들어온다. 의심스러운 눈길로 잽싸게 두 사람을 훑어보는데, 자못 신경질적이고 의식적인 태도다)

타이런 (창문에서 몸을 돌리며 배우처럼 열정적인 태도로) 그래, 실내에서 말씨름하느라 시간을 보내기엔 너무 좋은 아침이구나. 창 바깥을 좀 내다봐, 여보. 항구에는 안개의 흔적도 없군. 어젯밤 마법의 주문이 다 풀렸나 보오.

메리 (다가가며) 그런 거라면 좋으련만. (제이미에게 억지로 미소를 지어 보이며) 애야, 네가 앞뜰 울타리를 손질하겠다는 얘기를 한 거 맞지? 놀랄 일이 끝이 없구나! 용돈이 아주 궁한 모양이지.

제이미 (농담조로) 안 궁한 때가 있어야죠. (엄마에게 윙크하고는 비웃는 눈초리로 아버지를 보며) 주말에는 적어도 봉급 한 푼 주시겠죠. 술이나 실컷 퍼마셔야지!

메리 (제이미의 농담에 반응하지 않고 손가락으로 앞섶을 불안하게 만지작거린다) 두 사람, 무슨 말씨름을 하고 있었지?

제이미 (어깨를 으쓱하며) 만날 하는 얘기죠.

메리 네가 무슨 의사 이야기를 하니까, 너희 아버지가 네게 비딱하다며 소리를 지르셨잖니.

제이미 (재빨리) 아, 그거요? 하디 선생이 내가 생각하는 이상적인 의사와는 거리가 멀다는 얘기였죠.

메리 (거짓말임을 알아채고 멍하니) 아, 그래, 그랬겠지. (화제를 바꾸며 억지로 미소 짓는다) 브리짓은 정말! 도대체 어떻게 해볼 수가 없어. 세인트루이스에 사는 사돈의 팔촌이 경찰이라는 얘기를 얼마나 오랫동안 하던지. (성가시다는 듯 신경질적으로) 울타리 손질하러 갈 거면 지금 가야 하지 않아? (성급하게) 다시 안개가 몰려오기 전에 햇빛 덕을 보며 일해야 하지 않겠니. (마치 크게 혼잣말하듯 묘한 태도로) 분명히 다시 몰려올 거야. (두 사람이 자신을 뚫어지게 쳐다보는 것을 깨닫고 갑자기 어쩔 줄 몰라 하며 허둥지둥 손을 올린다) 아니, 내가 아니라 류머티즘 걸린 손이 안다고 해야겠네. 사람보다 더 훌륭한 기상 예보관이랍니다, 여보. (끔찍하다는 듯 자신의 손을 쳐다본다) 아! 너무 흉해! 한때는 아름다운 손이었다고 한들 누가 믿겠어? (두 사람은 점점 더 두려운 심정으로 메리를 쳐다본다)

타이런 (메리의 손을 잡고 부드럽게 내린다) 자, 자, 여보, 그런 바보 같은 소릴랑 하지 마오. 세상에서 가장 예쁜 손이니까. (메리는 미소 짓고 감사하다는 듯 밝은 얼굴로 남편에게 키스한다. 타이런이 아들을 돌아본다) 이리 와, 제이미. 너희 엄마 말이 옳다. 일을 하려면 바로 시작해야지. 뜨거운 태양이 네 술배도 좀 빼줄 거다. (방충 문을 열고 베란다로 나간 뒤 계단을 밟고 내려가 마당으로 사라진다. 제이미는 의자에서 일어나 겉옷을 벗고 문 쪽으로 간다. 문가에서 제이미는 뒤를 돌아보지만 메리와 시선을 마주치지 않고, 메리도 그를 정면으로 보지 않는다)

제이미 (부드러운 목소리지만 어색하고 불편하게) 우린 어머니가 정말 자랑스러워요. 정말 행복하답니다. (메리가 깜짝 놀라 뻣뻣하게 굳어 도전적으로 그를 바라본다. 제이미가 허둥대며 계속한다) 하지만 어머닌 조심하셔야 해요. 에드먼드 일은 너무 걱정하지 마세요. 곧 괜찮아질 거니까요.

메리 (몹시 불쾌하다는 표정으로 고집스럽게) 그럼, 괜찮아지고말고. 나더러 조심하라니 무슨 뜻인지 모르겠구나.

제이미 (거부당했다는 느낌에 상처를 받고 어깨를 으쓱한다) 됐어요, 엄마. 그런 말을 하다니 제가 잘못했네요. (베란다로 나간다. 메리는 뻣뻣하게 서서 제이미가 계단을 내려가 사라질 때까지 기다린다. 그러고 나서 제이미가 앉았던 의자에 무너지듯 주저앉는데, 내밀한 두려움과 절망이 배어 나오는 얼굴빛을 숨기지 못한다. 손이 탁자 위를 정처 없이 더듬으며 물건들을 이리저리 옮겨 놓는다. 에드먼드가 응접실을 향해 계단을 내려오는 소리가 들린다. 거의 다 내려와 발작적인 기침을 한다. 메리는 마치 그 소리로부터 멀리 달아나려는 것처럼 벌떡 일어나 재빨리 오른쪽 창가로 가서는, 겉보기엔 평온한 모습으로 바깥을 내다본다. 에드먼드가 손에 책을 들고 응접실에서 들어온다. 아들을 반가워하는 엄마의 미소를 입술에 걸고, 메리가 돌아본다)

메리 왔구나. 찾으러 올라가려던 참이었단다.

에드먼드 두 사람이 나갈 때까지 기다렸어요. 말다툼에 끼어들고 싶지 않아서요. 기분이 너무 안 좋아요.

메리 (기분이 상한 듯) 뭘 그 정도까지는 아니면서, 괜히. 넌 완전히 철부지 아기로구나. 네 걱정으로 우왕좌왕하는 걸 보고 싶어 하지. (황급히) 얘야, 그저 놀리는 소리란다. 네 기분이 얼마나 언짢을지 알아. 하지만 오늘은 좀 괜찮지 않니? (걱정스럽게 팔을 잡으며) 어쨌든 넌 너무 말랐어. 무조건 쉬어야 해. 앉으렴, 편안하게 해주마. (에드먼드가 흔들의자에 앉자 등에다 쿠션을 대준다) 자, 어떠니?

에드먼드 좋은데요. 고마워요, 엄마.

메리 (키스를 하고 부드러운 목소리로) 넌 엄마의 보살핌을 받아야 해. 암만 덩치가 커도 내게는 우리 집 아기일 뿐이지.

에드먼드 (엄마의 손을 잡고 아주 심각하게) 전 신경 쓰지 마세요. 엄마 자신을 잘 돌보셔야죠. 그게 제일 중요해요.

메리 (눈길을 피하며) 난 잘하고 있단다, 얘야. (억지로 웃음을 터뜨리며) 맙소사, 내가 얼마나 살이 쪘는지 보이니? 옷을 모두 늘려 입어야 할 지경이란다. (몸을 돌려 오른편 창가로 간다. 가볍고 즐거운 목소리로 말하려고 애쓰며) 울타리를 손질하기 시작했구나. 불쌍한 제이미! 지나가는 사람들이 모두 다 보는 데서 일하기를 죽기보다 싫어하지. 챗필드네 가족이 새 벤츠를 타고 지나가네. 멋진 차야, 그렇지? 우리 집 중고 패커드와는 급이 다르지. 불쌍한 제이미! 울타리 아래 몸을 굽히고 그이들 눈에 안 띄려고 애쓰는구나. 너희 아버지는 인사를 받고서 마치 커튼콜이라도 받는 것처럼 답례를 하고 있는데. 내가 그렇게도 내다 버리라고 했던 낡은 구닥다리 양복을 입고 말이야. (쓰라리게) 정말이지, 너희 아버지는 자신을 웃음거리로 만들지 말고 자존심을 좀 보여 주면 좋겠어.

에드먼드 다른 사람이야 어떻게 생각하든지 신경을 안 쓰는 게 맞는 거죠. 챗필드네 가족 따위에 신경 쓰는 형이 바보야. 도대체 이 촌구석에서 말고는 그이들을 누가 알아주기나 하느냐고요?

메리 (적이 만족스러워하며) 아무도 없지. 네 말이 맞아,

에드먼드. 우물 안 개구리들이지. 제이미가 바보야. (잠시 말을 멈추고 창밖을 내다본 뒤 외로운 바람을 담아서) 하지만 챗필드 같은 사람들은 무언가를 상징하잖아. 남들에게 부끄럽지 않게 보여 줄 만한 괜찮은 집이 있고, 즐겁게 어울려 놀 친구들이 있어. 그이들은 외톨이가 아니라고. (창문에서 돌아선다) 내가 그이들과 어울려 놀고 싶다는 뜻은 아니야. 난 항상 이 동네와 이 동네 사람들이 싫었어. 알잖니, 난 처음부터 여기 살고 싶지 않았지만 너희 아버지가 좋다고 우겨서 이 집을 지었지. 그러고는 매년 여름 여기에 와야 했어.

에드먼드 뉴욕의 호텔에서 여름을 지내는 것보다는 낫지 않아요? 이 동네, 그리 나쁘지 않은데. 난 여기를 잘 알거든요. 그나마 이게 우리에겐 집이니까요.

메리 난 한 번도 집이라고 생각한 적 없어. 처음부터 잘못되었지. 모든 게 다 싸구려야. 너희 아버진 집에 제대로 돈을 쓰려고 한 적이 없어. 여기에 친구가 없어서 다행이야. 누가 이 집 문을 들어서는 게 부끄럽거든. 그이는 한 번도 친구들을 데려온 적이 없지. 그이는 친구네 집에 찾아가는 것도, 누가 우리 집에 찾아오는 것도 싫어해. 그이가 좋아하는 거라곤 클럽이나 바에서 남자들과 술을 걸치고 수작하는 것뿐이야. 제이미와 너도 마찬가지지만, 너희를 탓할 수는 없어. 여기서 너희들은 점잖은 사람들을 만날 기회가 전혀 없었거든. 너희들이 양갓집 처녀들과 교제할 기회만 있었어도 지금과는 사뭇 달랐겠지. 지금이야 소문이 나빠져서 점잖은 부모라면 아무도 자기네 귀한 딸을 너희들과 어울리게 두지 않겠지만.

에드먼드 (성가시다는 듯) 아, 엄마, 그만해요! 그게 무슨 상관이람? 제이미와 난 지겨워 죽을걸요. 그리고 노인네 말인데, 거기에 대고 얘기해 봐야 무슨 소용이 있겠어요? 아버지를 바꿀 순 없어요.

메리 (기계적으로 꾸짖는다) 아버지를 노인네라고 부르지 말아라. 좀 더 존경심을 보여야지. (멍하니) 그래, 말해 봐야 소용없지. 하지만 가끔 난 너무 외로워. (입술을 떨고 고개는 돌리고 있다)

에드먼드 하지만 엄마, 말은 바로 해야죠. 처음엔 모두 아버지 잘못이었을지 몰라도, 나중엔 아버지가 원했어도 사람들을 초대할 수 없었을— (당황해서 허둥거리며) 제 말은요, 엄마가 그 사람들을 원치 않았을 거라는 뜻이에요.

메리 (움찔하여 가엾을 정도로 입술을 떨며) 그만해. 옛일을 떠올리게 하다니.

에드먼드 그런 식으로 받아들이지 마세요! 제발, 엄마! 저는 돕자고 한 말이에요. 엄마가 옛일을 잊으면 안 되죠. 기억하셔야 해요. 그래야 항상 조심하며 살 테니까요. 예전에 어떻게 됐었는지 아시잖아요. (딱한 목소리로) 제발 엄마, 나도 엄마에게 옛일을 떠올리게 하기 싫어요. 제가 이러는 이유는 엄마가 예전처럼 집에 있는 게 너무 좋아서예요. 안 그러면 너무 견디기 힘들 것 같아서—

메리 제발, 얘야. 네가 좋은 뜻으로 말하는 것인 줄은 안다만……. (방어하는 듯 목소리에 다시 불편해하는 기색이 서린다) 왜 네가 갑자기 그런 말을 하는지 알 수 없구나. 무슨 일 때문에 오늘 아침 그런 생각을 하는 거니?

에드먼드 (회피하듯) 아무것도 아녜요. 그저 기분이 언짢고 우울해서 그런가 보죠.

메리 사실대로 말해 봐. 왜 갑자기 의심하는 태도를 보이는 거지?

에드먼드 아무것도 아니라니까요!

메리 아니, 너, 뭔가 있어. 분명해. 네 아버지와 제이미도 그래. 특히 제이미.

에드먼드 없는 얘기 지어내지 마세요, 엄마.

메리 (손이 안절부절못한다) 이렇게 끊임없이 날 의심하는 분위기, 모두들 날 엿보고 아무도 날 믿어 주거나 신뢰하지 않는 가운데 살기란 정말이지 너무 힘들어.

에드먼드 말도 안 돼요, 엄마. 우린 엄마를 믿어요.

메리 하루라도, 아니 한나절이라도 어디 좀 놀러 갈 데가 있었으면……. 얘기할 친구라도 있었으면……. 심각한 얘기 말고, 그저 웃고 떠들며 잠시라도 만사 잊어버리게……. 하인들 말고 누가 좀 있었으면……. 저 멍청한 캐슬린 말고!

에드먼드 (걱정스러운 듯 일어나서 팔을 엄마에게 두른다) 그만해요, 엄마. 아무것도 아닌 일에 흥분하지 말고요.

메리 너희 아버지는 나가잖니. 클럽이나 바에서 친구들도 만나고. 너나 제이미도 친구들이 있잖아. 너희들도 놀러 나가지. 하지만 난 혼자야. 난 언제나 혼자였지.

에드먼드 (달래듯) 자, 그만! 말도 안 되는 소리예요. 우리 중 한 사람은 항상 엄마와 친구가 되어 주었잖아요. 아니면 엄마가 드라이브 갈 때 자동차에 동승했죠.

메리 (통렬하게) 나를 혼자 두는 게 두려웠으니까! (아들 쪽으로 돌아서서 날카롭게 말한다) 오늘 아침 왜 그렇게 별나게 행동했는지 말해 봐라. 왜 내게 옛날 일을 떠올리게 했는지.

에드먼드 (망설이다가 켕겨하면서도 불쑥 말한다) 바보 같죠. 지난밤 엄마가 제 방에 들어오셨을 때, 전 안 자고 있었어요. 엄마는 두 분 방으로 다시 돌아가지 않으셨어요. 밤새 빈방에 계셨죠.

메리 너희 아버지 코 고는 소리 때문에 미칠 지경이었으니까! 들어 보렴. 예전에도 저 빈방을 내 침실로 쓰곤 했잖니? (씁쓸하게) 무슨 생각을 하는지 알아. 그때 난—

에드먼드 (지나치게 서두르며) 아무 생각도 안 해요!

메리 나를 엿보려고 자는 척했던 거로구나!

에드먼드 아녜요! 내가 열이 나서 잠을 못 이루는 걸 알면 엄마가 언짢아하실까 봐 그랬어요.

메리 제이미도 틀림없이 자는 척하고 있었을 거고, 아마 너희 아버지도—

에드먼드 그만해요, 엄마!

메리 에드먼드, 이젠 너마저……! (손이 방향을 잃고 산만하게 푸드덕거리며 올라가더니 머리카락을 더듬는다. 갑자기 기묘한 복수의 기운이 느껴지는 목소리로) 너희 짐작이 맞는다면 잘된 일이겠구나!

에드먼드 엄마! 그러지 마세요! 그렇게 말씀하실 땐 꼭 예전의—

메리 그만 좀 의심해라, 제발! 애야! 내 마음이 아파! 난 네 생각을 하느라 잠을 잘 수 없었어! 그래서였어! 네가 아픈 이후 난 계속 걱정이었지. (아들에게 팔을 두르고 겁에 질린 듯, 보호하려는 듯 부드럽게 껴안는다)

에드먼드 (달래듯) 바보같이. 그저 독감일 뿐이에요.

메리 그럼, 나도 알고말고!

에드먼드 하지만 엄마, 약속해 줘요. 설령 뭔가 나쁜 일이 일어난다 해도 결국 괜찮아질 거예요. 그러니 걱정하다가 병나지 말고 엄마 건강을 잘 챙기셔야—

메리 (겁에 질린 듯) 그런 바보 같은 말을 하다니! 뭔가 끔찍한 결과라도 기다리고 있는 것처럼 얘기하는 이유가 뭐냐! 물론 약속하다마다. 명예를 걸고 엄숙하게 약속하지! (슬프고 씁쓸하게) 하지만 넌 예전에도 내가 명예를 걸고 약속한 걸 떠올리고 있겠지.

에드먼드 아녜요!

메리 (체념과 무력감으로 씁쓸함이 사그라든다) 너를 탓할 일이 아니지, 애야. 네가 어쩌겠니? 우리가 어떻게 잊을 수 있겠어? (기묘한 어투로) 그래서 일이 어려워지는 거야……. 우리 모두 다. 우린 잊을 수 없단다.

에드먼드 (엄마의 어깨를 부여잡으며) 엄마! 제발 그만!

메리 (억지 미소를 지으며) 그래, 애야. 우울한 얘기를 하려던 건 아니야. 내 걱정일랑 하지 마라. 어디, 머리 좀 짚어 보자. 아아, 서늘하고 좋구나. 지금은 열이 전혀 없어.

에드먼드 그만! 엄마야말로—

메리 난 괜찮단다, 애야. (계산적인 눈빛, 거의 교활한 기색으로 잽싸고 묘하게 아들을 힐끗 보며) 힘겨운 밤을 보낸 다음 날 아침이라 피곤하고 신경과민이 된 것뿐이야. 위에 올라가서 점심때까지 누워 낮잠이라도 좀 자야겠다. (에드먼드가 본능적으로 의심의 눈초리를 보내다가 스스로에게 부끄러워져 외면한다. 메리가 신경질적으로 덧붙인다) 넌 뭐할 거니? 여기서 책을 읽을 테니? 너도 신선한 공기와 햇볕 속으로 나가면 훨씬 더 좋을 텐데. 하지만 땡볕에 너무 오래 나가 있으면 안 돼. 잊지 마, 꼭 모자를 써야 한다. (아들을 똑바로 바라보며 잠시 말을 멈추지만 아들은 어머니의 눈길을 피한다. 긴장되는 순간. 비웃듯 메리가 말한다) 아니면, 날 믿고 혼자 내버려 두는 게 두렵니?

에드먼드 (고통스럽게) 아니에요! 그런 식으로 말하지 마세요! 엄만 낮잠을 좀 주무셔야 해요. (방충 문 쪽으로 간다. 애써 농담하며) 전 가서 제이미 형이 꿋꿋이 일하도록 도와야죠. 시원한 그늘에 누워 형이 일하는 모습을 보는 게 얼마나 재밌는데. (억지로 웃음을 터뜨리자 메리도 가세한다. 에드먼드는 베란다로 나가서 계단을 따라 내려가 사라진다. 메리는 일단 안도한다. 이제 마음이 편한 듯 보인다. 테이블 뒤쪽에 있는 고리버들 안락의자에 주저앉아 머리를 뒤로 젖히고 눈을 감는다. 그러나 곧 갑자기 엄청나게 팽팽하게 긴장한다. 눈을 크게 뜨고 앞으로 당겨 앉은 채 신경증의 발작 증세에 사로잡혀 자기 자신과 절망적인 싸움을 벌이기 시작한다. 류머티즘으로 뒤틀리고 옹이 박힌 긴 손가락들이 의자의 팔걸이를 두드린다. 손가락은 마치 주인의 허락 없이 자기만의 고집으로 움직이는 듯하다)

막이 내린다

제2막

제1장

같은 곳, 1시 15분 전쯤이다. 이제는 오른편 창문으로 빛이 들어오지 않는다. 바깥 날씨는 여전히 화창하지만 점점 더 찌는 듯하고, 햇살을 흐리는 연무의 기운이 공기 중에 어려 있다.

에드먼드가 탁자 왼편 안락의자에 앉아 책을 읽고 있다. 아니, 책에 집중하려 하지만 그러지 못한다. 위층에서 나는 소리에 귀를 기울이는 듯하다. 그는 과민하고 걱정스러운 듯 보이고, 1막에서보다 더 아파 보인다.

하녀 캐슬린이 뒤쪽 복도에서 나타난다. 들고 있는 쟁반에는 위스키 한 병과 잔 몇 개와 얼음물이 든 물병이 놓여 있다. 캐슬린은 20대 초반의 체격 좋은 아일랜드 처녀로 볼이 붉은 순박한 얼굴에 검은 머리와 푸른 눈을 지니고 있다. 사랑스럽지만 무식하고 덜렁대며, 착하지만 지독하게 우둔하다. 캐슬린이 쟁반을 탁자 위에 놓는다. 에드먼드는 책에 푹 빠져 못 본 체해 보지만, 캐슬린은 아랑곳하지 않는다.

캐슬린 (수다스럽고 친근하게) 위스키가 왔어요. 곧 점심 시간이네요. 제가 주인 나리랑 제이미 도련님을 부를까요. 아니면 도련님이 하실라우?

에드먼드 (책에서 눈을 떼지 않고) 직접 해.

캐슬린 주인 나리는 가끔씩 시계도 한번 안 보시는지, 놀라운 일이에요. 그분이 식사 때 늑장을 부릴 때마다 브리짓은 마치 내 잘못인 것처럼 욕을 퍼붓는다니까요. 하지만 늙었어도 끝내주게 멋있게 생기셨어요. 도련님은 그만큼 잘났기 틀렸죠. 제이미 도련님도 그렇고. (킬킬대고 웃는다) 제이미 도련님에게 시계만 있다면 일을 하다가도 술 마실 시간만큼은 칼같이 지킬 텐데. 내기를 해도 좋아!

에드먼드 (못들은 척하기를 포기하고 씩 웃는다) 그래, 맞아.

캐슬린 하나 더 내기를 걸어 볼까요? 나더러 주인어른을 부르라고 해놓고, 그사이를 틈타 도련님은 한잔 슬쩍 걸칠 참이죠.

에드먼드 으음, 그 생각은 못했는데……

캐슬린 에이, 그럴 리가! 개가 똥을 마다할까요!

에드먼드 네가 그렇게 권하니, 그럼…….

캐슬린 (갑자기 처녀답게 수줍은 척하며) 에드먼드 도련님, 난 누구에게 술 마시기를 권하지는 않는다고요, 그렇고말고. 아일랜드에 계시던 우리 삼촌이 술병으로 돌아가셨거든요. (누그러지며) 하지만 기분이 처지거나 독감에 걸렸을 때 가끔 한 방울 정도야 나쁠 거 없죠.

에드먼드 좋은 구실을 줘서 고마워. (짐짓 아무렇지 않은 듯) 어머니도 불러 줘.

캐슬린 왜요? 부르지 않아도 늘 정확하신 걸요. 복 받으실 거예요, 일하는 사람들을 생각해 주신다니까.

에드먼드 낮잠 주무시고 계셔.

캐슬린 좀 전에 위층에서 일할 때 보니 안 주무시던데요. 눈을 크게 뜨고 빈방에 누워 계셨어요. 〈지독한 두통이야〉라고 하시면서요.

에드먼드 (더 억지로 아무렇지 않은 듯) 아, 그러면 아버지만 불러.

캐슬린 (방충 문으로 가며 사람 좋게 투덜거린다) 밤마다 발바닥이 아파 죽겠어. 이 뙤약볕에 걸어다니다간 일사병에 걸릴걸. 베란다에서 불러야지. (방충 문을 쾅 닫고 옆 베란다로 가더니 현관으로 사라진다. 잠시 후 소리 지른다) 타이런 나리! 제이미 도련님! 식사 시간이에요! (책 읽는 것도 잊고 겁에 질린 듯 멍하니 앞을 보

고 있던 에드먼드, 신경질적으로 벌떡 일어선다)

에드먼드 저 말괄량이 같으니! (술병을 잡고 한 잔 따라 얼음물을 타서 마신다. 그때 누군가 현관으로 오는 소리가 들린다. 에드먼드는 황급히 술잔을 쟁반에 내려놓고 다시 앉아 책을 편다. 제이미가 응접실을 통해 들어온다. 겉옷을 팔에 걸치고 옷깃과 타이는 풀어 손에 쥔 채 손수건으로 이마의 땀을 닦고 있다. 에드먼드는 마치 책을 읽다가 방해받은 것처럼 올려다본다. 제이미가 술병과 잔을 보더니 냉소적으로 미소 짓는다)

제이미 한잔 꿀꺽, 으응? 아닌 척하지 마, 꼬마. 넌 나보다 한참 떨어지는 배우야.

에드먼드 (씩 웃는다) 응, 상황이 괜찮을 때 한잔 걸쳐 두려고.

제이미 (한 손을 에드먼드의 어깨에 다정히 얹는다) 그것 봐. 왜 나를 속이려고 해? 우린 동지잖아, 안 그래?

에드먼드 나야 형이 오는 건지 몰랐지.

제이미 노인네에게 시계를 보게 했지. 캐슬린이 꽥꽥거릴 때 난 이미 반이나 걸어 나오고 있었거든. 우리 집의 요란한 꾀꼬리! 캐슬린은 기차 화통을 삶아 먹었나 봐.

에드먼드 그래서 한잔하지 않을 수 없었어. 기회 있을 때 형도 하지그래?

제이미 바로 그 생각 중이었지. (오른쪽 창문으로 잽싸게

다가간다) 노인네가 터너 선장과 얘기 중이었거든. 옳지, 여전하시군. (돌아와서 한 잔 따른다) 자, 노인네의 매서운 눈매를 피해 갈 방법. 영감은 한잔하고 나면 꼭 술이 차 있는 높이를 기억해 두거든. (술병에 물 두 잔을 붓고 흔든다) 됐다, 이젠 까딱없어. (잔에 물을 붓고 에드먼드 옆 탁자 위에 놓는다) 이건 네가 마시고 있던 물이고.

에드먼드 잘한다! 그걸로 노인네가 속아 넘어갈 것 같아?

제이미 아닐지도 모르지. 하지만 증명할 수가 없잖아. (옷깃과 타이를 매면서) 자기 얘기에 취해서 점심 시간을 놓치지 않으면 좋으련만. 난 배고파. (에드먼드 건너편에 앉으며 성가시다는 듯) 집 앞에서 일할 때 싫은 게 바로 그거야. 노인네가 다가오는 얼간이들 모두에게 연기를 해보이거든.

에드먼드 (우울하게) 배고프니 좋겠다. 난 다시는 안 먹어도 될 것 같아.

제이미 (근심스러운 눈빛) 이봐, 너 나 알지? 난 설교 따위 하지 않아. 하지만 하디가 네게 한 충고는 옳아. 넌 싸구려 독주를 끊어야 해.

에드먼드 아, 오늘 오후에 하디가 나쁜 소식을 전해 주면 바로 끊을게. 그 전에 몇 잔 하는 거야 상관없지 않겠어?

제이미 (망설이다가 천천히) 나쁜 소식을 예상하고 있다니 다행이다. 그다지 충격을 받지는 않겠군. (에드먼드가 자신을 유심히 바라보는 것을 알아차린다) 내 말은, 넌 확실히 많이 아프잖아. 속여 봐야 쓸데없는 일이란 거야.

에드먼드 (마음이 불편하다) 알아, 내 컨디션이 얼마나 엉망인지도 알고. 밤에 열 오르는 거나 오한이 장난이 아냐. 하디 선생이 마지막으로 추측한 게 맞나 봐. 빌어먹을 말라리아가 다시 오나 봐.

제이미 어쩌면. 하지만 속단할 일은 아냐.

에드먼드 왜? 형은 뭐라고 생각하는데?

제이미 젠장, 내가 어떻게 알아? 내가 하디도 아니고. (불쑥) 어머니는?

에드먼드 위층.

제이미 (날카롭게 쳐다본다) 언제 올라가셨는데?

에드먼드 내가 울타리로 내려갔을 때쯤이었던 것 같은데. 올라가서 낮잠을 좀 자야겠다고 하셨어.

제이미 너 내게는 말도 안하고—

에드먼드 (방어적으로) 왜 말해야 하는데? 그게 뭐라고? 엄마는 지쳐 늘어졌어. 지난밤 잘 못 주무셨잖아.

제이미 알아. (사이. 형제는 서로 외면하고 있다)

에드먼드 빌어먹을 놈의 안개 경보 때문에 나도 잘 못 잤거든. (다시 사이)

제이미 그래, 아침나절 내내 위층에 혼자 계셨다는 거지? 도통 못 봤어?

에드먼드 전혀. 난 여기서 책을 읽고 있었어. 주무시게 두고 싶어서.

제이미 점심 드시러는 내려오시려나?

에드먼드 물론.

제이미 (냉담하게) 〈물론〉이란 없어. 점심을 안 드시고 싶어 하실지도 몰라. 아니면 대부분의 식사를 위층에서 혼자 하려고 하실지도 모르지. 이전에도 그런 일이 있었잖아.

에드먼드 (겁이 나서 원망스럽게) 그만해, 형! 형은 도대체 그런 생각밖에는……. (설득하듯) 형이 의심하는 건 다 틀렸어. 캐슬린이 좀 전에 엄마를 봤대. 점심을 안 먹겠다는 말씀은 하지 않으셨대.

제이미 그럼 낮잠을 안 주무셨다는 뜻이군?

에드먼드 그때는 안 주무셨지만 누워 계셨다고 하더라고.

제이미 빈방에서?

에드먼드 그래, 젠장, 그래서 어쨌단 거야?

제이미 (분통을 터뜨린다) 이런 멍청한 놈! 그렇게 오랫동안 혼자 두면 어떻게 하냐? 계속 옆에 붙어 있었어야지!

에드먼드 왜냐하면 엄마는 나나 형이나 아버지가 자기를 믿지 않고 내내 엿본다고 화가 나셨으니까. 난 부끄러웠어. 엄마는 정말 기분이 나빴을 거야. 그리고 엄마는 명예를 걸고 엄숙하게 약속한다고—

제이미 (지친 듯 씁쓸하게) 그런 건 아무런 의미도 없다는 걸 알잖아.

에드먼드 이번엔 정말이었어!

제이미 지난번에도 그렇게 생각했었지. (탁자 위로 몸을 기울여 동생의 팔을 다정하게 붙잡는다) 들어 봐. 넌 내가 빌어먹을 냉소주의자라고 생각하겠지만, 난 너보다 이런 상황을 훨씬 더 많이 겪었다는 거 알지? 넌 예비 학교에 들어가서야 비로소 어떤 문제가 있는지 알아차렸잖아. 아버지와 내가 비밀로 했으니까. 하지만 난 너보다 10년 이상 일찍부터 알고 있었어. 그때부터 이 상황을 알고 있었으니까 아침 내내 생각한 거야. 어머니가 지난밤 우리가 잠든 줄 알고 돌아다니시던 걸 말야. 다른 생각을 할 수가 없었어. 그런데 이제 와서 네가 아침 내내 어머니를 위층에 홀로 놔뒀다고 말하는 거지.

에드먼드 아냐! 형은 돌았어!

제이미 (달래듯) 그래, 좋아. 너와 싸울 일은 없어. 나도 너만큼 좋은 쪽으로 바라고 있었어. 나도 정말 기뻤다고. 이번에야말로 우리도— (멈춘다. 응접실 건너편 복도를 보면서, 목소리를 낮추어 다급하게) 내려오시네.

네가 이겼어. 난 정말 더럽게 의심 많은 놈인가 봐. (기대와 두려움으로 둘 다 긴장한다. 제이미가 다시 중얼거린다) 젠장! 한 잔만 더 하면 좋겠네.

에드먼드 나도. (신경질적으로 기침을 하다가 발작적인 기침으로 이어진다. 제이미가 근심과 동정 어린 기색으로 동생을 바라본다. 메리가 응접실을 통해 들어온다. 얼핏 조금 덜 신경질적인 상태로 보일 뿐, 아침 식사를 마친 후와 별 차이가 없다. 하지만 이윽고 그녀의 눈이 반짝거리고 목소리와 태도에서는 묘한 초연함이 느껴진다. 마치 자신의 말과 행동으로부터 약간 떨어져 있는 듯하다)

메리 (걱정스러운 듯 에드먼드에게 가서 팔을 두른다) 그렇게 기침을 하면 안 돼. 목에 나빠. 감기에 인후염까지 겹치면 어쩌려고 그러니. (아들에게 키스한다. 에드먼드가 기침을 그치고 불안한 눈빛으로 엄마를 힐끗 쳐다본다. 의심이 솟아나지만, 엄마의 부드러운 태도에 그 순간 믿고 싶은 대로 믿어 버린다. 반면 제이미는 어머니를 유심히 바라보고는 자신의 의심이 옳았음을 알아차린다. 눈길을 떨어뜨리고 마룻바닥을 보는 얼굴이 씁쓸하고 방어적인 냉소로 굳는다. 메리는 에드먼드의 의자 팔걸이에 반쯤 걸터앉은 채 팔을 아들에게 두른다. 자신의 얼굴을 에드먼드 뒤쪽 위에 둠으로써 아들이 눈을 들여다보지 못하게 하려는 것이다) 나는 항상 〈넌 이러면 안 돼, 저러면 안 돼〉 하고 잔소리만 하는 것 같구나. 용서해 주렴. 너를 돌보고 싶은 마음이라 그래.

에드먼드 알아요, 엄마. 엄만 어때요? 좀 쉬셨나요?

메리 응, 훨씬 나아졌어. 너희가 나간 후로 쭉 누워 있었단다. 불면의 밤을 보낸 다음 날 가장 필요한 것이었지. 지금은 불안하지 않아.

에드먼드 잘됐네요. (어깨에 놓인 엄마의 손을 두드린다. 제이미가 동생에게 멸시에 가까운 기묘한 눈빛을 던진다. 동생의 말이 진심인지 의심스러운 것이다. 에드먼드는 못 보지만 메리는 그 눈빛을 알아차린다)

메리 (짐짓 놀리는 듯한 말투로) 맙소사, 제이미 너는 왜 그리 시무룩한 거니? 무슨 일이야?

제이미 (쳐다보지도 않고) 아무것도 아녜요.

메리 아, 네가 집 앞에서 울타리를 손질한 것을 잊고 있었네. 그래서 기분이 푹 꺼져 있구나?

제이미 좋을 대로 생각하세요.

메리 (계속 놀리는 말투로) 일한 후엔 항상 그렇게 되지 않니. 덩치만 큰 아기라니까! 그렇지, 에드먼드?

에드먼드 다른 사람들이 어떻게 생각하는지에 신경을 쓰다니, 바보예요.

메리 (묘한 어투로) 그래, 제일 좋은 건 신경 쓰지 않는 거야. (제이미가 자신에게 매서운 눈길을 던지는 것을 알아차리고 화제를 바꾼다) 아버지는 어디 계시니? 캐슬린이 부르는 소리가 들리던데.

에드먼드 형이 그러는데, 터너 선장과 이야기 중이시래요. 언제나처럼 늦으시겠죠. (제이미가 일어나 오른쪽 창문으로 간다. 등 돌릴 구실이 생겨 기쁘다)

메리 사람을 부를 땐 직접 가서 이르라고 그렇게 얘기했건만……. 여기가 싸구려 하숙집도 아니고, 소리를 그렇게 질러 대다니, 캐슬린도 참!

제이미 (창밖을 내다보며) 저기 갔네요. (조롱하듯) 저 유명한 배우의 아름다운 목소리를 중간에 자르다니! 좀 더 존경심을 보여야지!

메리 (아들에 대한 불만이 날카롭게 튀어나온다) 좀 더 존경심을 보여야 하는 쪽은 바로 너야! 아버지를 조롱하는 건 그만둬! 더 이상 들어 줄 수가 없구나! 네가 아버지의 아들이라는 걸 자랑스러워해야지! 아버지도 결점이 있을 수 있어. 결점 없는 사람이 어디 있니? 아버진 평생을 열심히 일했어. 무식하고 가난하게 시작해서 자기 일에서 일가를 이루셨어! 너를 뺀 다른 다른 모든 사람들이 너희 아버지를 존경해! 하지만 다른 누구보다 너야말로 아버지를 비웃을 수는 없는 녀석이지. 너는 네 아버지 덕분에 평생 한 번도 열심히 일할 필요가 없었던 놈 아니냐! (찔끔한 제이미가 비난과 적의를 담아 어머니를 노려본다. 메리의 눈빛이 움찔 흔들리면서 달래는 어투로 덧붙인다) 제이미, 네 아버지는 늙어 가고 있단다. 기억하렴, 제이미. 더 이해해 드려야 해.

제이미 내가 그래야 하나요?

에드먼드 (불안해서) 아, 그만해, 형! (제이미가 다시 창밖을 내다본다) 엄마도 참, 왜 갑자기 제이미 형에게 사납게 굴고 그러세요?

메리 (씁쓸하게) 저 아이는 항상 다른 사람을 비웃고 제일 약한 점을 찾아내니까. (갑자기 묘하게 초연하고 무감각한 어조로 바뀌어) 하지만 인생이 저 애를 그렇게 만들어 놓은 거야. 어쩔 수 없었지. 인생이 우리에게 저질러 놓은 일을 우리가 어쩌겠니. 깨닫기도 전에 일은 이미 저질러져 있고, 우리로선 달리 어떻게 해볼 수가 없단다. 마침내 모든 것이 다 끼어들어 우리와 희망 사이를 갈라놓을 때쯤이면, 진정한 자아는 이미 사라져 버리고 없지. (에드먼드는 엄마의 묘한 어투에 두려움을 느낀다. 엄마의 눈을 들여다보려고 하지만 메리는 계속 눈길을 돌리고 있다. 제이미가 메리 쪽으로 몸을 돌렸다가 재빨리 다시 창문 밖으로 시선을 던진다)

제이미 (멍하니) 배고프다. 노인네, 좀 움직이지 않고. 만날 음식이 다 식도록 만들어 놓고선 맛없다고 투덜거린단 말이지.

메리 (무심한 속마음과 달리 겉으로만 기계적으로 불만스럽게) 그러게, 정말 힘들어, 제이미. 얼마나 힘든지 모를걸. 너는 여름철에 하인들과 함께 집을 꾸려 나갈 필요도 없잖아. 그이들은 임시직이니까 살림에 신경을 쓰지 않아. 진짜로 좋은 하인들은 여름 별장 따위가 아닌 정말 집이 있는 사람들 밑에 있지. 너희 아버지는 고급 인력이 원하는 봉급을 지불하려 들지 않아. 그러니 매년 나는 멍청하고 게으른 초짜들을 다루어야 한단다. 하지만 내가 이런 얘길 하는 것도 몇 천 번은 들었겠지. 너희 아버지도 마찬가지고. 그러니 한 귀로 듣고 한 귀로 흘리지. 너희 아버지는 집에 돈 들이는 것은 낭비라고 생각하신단다. 아버진 호텔에서 너무 오래 살았어. 물론 좋은 호텔도 아니야. 삼류 호텔들이지. 너희 아버진 집이 뭔지도 몰라. 집에서 편안하지가 않은 거야. 그러면서도 집을 원하지. 심지어 이런 허름한 곳도 자랑스러워하셔. 여길 좋아하시지. (절망적이지만 한편으로는 재미있다는 듯 웃음을 터뜨린다) 생각해 보면, 정말 재미있어. 특이한 양반이야.

에드먼드 (다시금 불안하게 엄마의 눈을 올려다보려고 하며) 웬일로 그렇게 얘기를 많이 하시는 거죠, 엄마?

메리 (아무 일 없다는 듯 재빨리 에드먼드의 뺨을 두드리며) 아니, 별일 없단다. 바보 같지. (말하는 동안 캐슬린이 뒤쪽 복도로 들어온다)

캐슬린 (수다스럽게) 점심이 준비되었어요, 마님. 말씀하신 대로 타이런 나리께 내려갔는데, 나리께선 곧 오겠다고 하시고선 계속 다른 분과 얘기하고 계세요. 나리의 옛날 얘기—

메리 (무심하게) 됐어, 캐슬린. 브리짓에게 미안하다고 전해 주고, 타이런 나리가 오실 때까지 몇 분만 더 기다리라고 해줘. (캐슬린이 〈예, 마님〉이라고 중얼거리고 혼잣말로 툴툴거리며 뒤쪽 복도로 사라진다)

제이미 젠장! 아버지 없이 먼저 시작하면 안 돼요? 그러라고 했잖아요.

메리 (재미있다는 듯 막연한 미소를 지으며) 진심이 아니야. 아직도 너희 아버지를 모르니? 엄청나게 기분 상해 하실 거야.

에드먼드 (자리를 뜰 구실이 생겨 기쁘다는 듯 벌떡 일어난다) 내가 가서 모셔 올게. (옆 베란다로 간다. 잠시 후 베란다에서 몹시 화난 듯 부르는 소리가 들린다) 아버지! 빨리 오세요! 하루 종일 기다리게 할 셈이에요? (메리는 의자 팔걸이에서 일어나 있다. 손이 불안하게 탁자 위를 헤매고 다닌다. 제이미를 보진 않지만 아들이 자신의 얼굴과 손을 냉소적으로 바라보고 있음을 안다)

메리 (긴장하여) 왜 그렇게 쳐다보니?

제이미 아시잖아요. (등을 돌리고 창가로 간다)

메리 모르겠는데.

제이미 아아, 제발! 어머니가 내 눈을 속일 수 있다고 생각하세요? 난 눈 뜬 장님이 아녜요.

메리 (이제 아들을 똑바로 본다. 공허하면서도 완강하게 부인하는 기색으로) 무슨 얘기인지 모르겠구나.

제이미 몰라요? 거울로 엄마 눈빛을 한번 보시죠!

에드먼드 (베란다에서 들어오며) 아버지 오셔. 곧 들어오실 거야. (엄마와 형 양쪽을 번갈아 바라보는데 엄마는 눈길을 피한다. 불안한 듯) 무슨 일이야? 무슨 일 있어요, 엄마?

메리 (에드먼드가 와서 불편하다. 죄책감과 신경질적인 흥분이 뒤섞인 상태로) 너희 형은 부끄러운 줄 알아야 해. 나도 모르는 뭔가를 계속 얘기한다니까.

에드먼드 (제이미 쪽으로 몸을 돌리고) 빌어먹을! (제이미에게 위협하듯 다가선다. 제이미는 어깨를 으쓱하곤 창밖을 내다본다)

메리 (더 언짢아져서 상기된 채 에드먼드의 팔을 붙잡고) 당장 그만두지 못하겠니! 어떻게 내 앞에서 그따위 말을! (불현듯 어조와 태도가 아까처럼 묘한 초연함으로 바뀐다) 네 형을 비난해서는 안 돼. 형이라고 이미 일어난 과거의 일들을 어쩔 수 있겠니. 너희 아버지도 마찬가지야. 너도, 그리고 나도.

에드먼드 (간담이 서늘하다. 반대의 경우를 희망하며 절망적으로) 형이 거짓말하는 거야! 그렇죠? 거짓말이죠, 엄마?

메리 (눈길을 돌린 채) 거짓말이라니 무슨 소리냐? 이젠 너도 제이미처럼 수수께끼처럼 말하는구나. (그러다가 상처받은 듯한 아들의 비난 섞인 눈길과 마주치고 말을 더듬는다) 에드먼드! 그만! (고개를 돌리고선 곧장 묘한 초연함으로 돌아간다. 차분하게) 저기 너희 아버지가 계단을 올라오시는구나. 브리짓에게 얘기해야겠다. (뒤쪽 복도로 나간다. 에드먼드가 의자로 천천히 걸어간다. 아프고 절망적인 모습이다)

제이미 (창가에 선 채 돌아보지도 않고) 자, 어때?

에드먼드 (아직은 형에게 아무것도 인정하고 싶지 않다. 약간 반항적으로) 어떻냐니? 형은 거짓말쟁이야. (제이미가 다시 어깨를 으쓱한다. 현관의 방충 문 닫히는 소리가 들린다. 에드먼드가 멍하니 말한다) 아버지다. 술이나 좀 풀어 놓으시면 좋겠네. (타이런이 응접실을 통해 들어온다. 겉옷을 입는 중이다)

타이런 늦어서 미안하다. 터너 선장이 이야기를 하기 시작하면 도저히 끝이 안 나지.

제이미 (돌아보지도 않고 냉담하게) 〈이야기를 듣기 시작하면〉이겠지요. (아버지가 혐오스럽다는 눈빛으로 아들을 쏘아보고는 탁자로 와서 위스키 병을 재빨리 확인한다. 제이미는 몸도 돌리지 않고 알아차린다) 멀쩡해요. 담긴 술은 그대로라고요.

타이런 살펴본 것 아니다. (신랄하게 덧붙인다) 네가 어슬렁거리고 있는데 무슨 증거가 필요하냐? 네놈의 잔꾀는 다 알고 있어.

에드먼드 (멍하니) 다 같이 한잔하자는 말씀이시죠?

타이런 (에드먼드를 보고 인상을 찡그린다) 제이미는 아침에 고된 일을 했으니 괜찮지만 넌 안 돼. 하디 선생이—

에드먼드 빌어먹을 하디 선생! 한잔한다고 죽지는 않아요. 난…… 너무 지쳤어요, 아버지.

타이런 (근심스러운 눈빛으로 아들을 쳐다보다가 짐짓 호탕한 체하며) 그러면 이리 오렴. 식전에 좋은 위스키를 적당히 마셔 주면 원기도 돋고 좋더라. (타이런이 병을 건네자 에드먼드가 일어나 한 잔 가득 따른다. 타이런이 경고하듯 눈살을 찌푸린다) 〈적당히〉라고 했다. (자신도 한 잔 따르고 병을 제이미에게 돌리며 투덜거린다) 네 녀석에게 〈적당히〉라고 해봐야 내 숨만 가쁘겠지. (제이미가 무시하고 한 잔 가득 따른다. 타이런은 얼굴을 찡그리다가 곧 포기하고 호탕한 태도로 돌아와 잔을 높이 쳐든다) 자, 행복과 건강을 위하여! (에드먼드가 쓴 웃음을 터뜨린다)

에드먼드 농담도 잘하시네!

타이런 뭐가?

에드먼드 아무것도 아녜요. 건배. (다 같이 마신다)

타이런 (분위기가 심상치 않음을 느끼고) 무슨 일이 있었나? 공기 중에 묵직한 우울 덩어리가 떠다니고 있군. (책망하는 투로 제이미에게) 그렇게 원하던 술을 드디어 얻었잖니? 왜 음산한 낯빛으로 앉아 있는 거냐?

제이미 (어깨를 으쓱하며) 아버지도 곧 곡소리 나올 겁니다.

에드먼드 형, 입 닫아.

타이런 (불안해져서 화제를 바꾼다) 점심이 준비된 줄 알았는데. 배가 고파 소 한 마리라도 잡아먹겠어. 너희 어머니는?

메리 (뒤쪽 복도에서 나오며 대답한다) 여기 있어요. (들어온다. 상기된 표정으로 주변을 의식하고 있다. 말하면서 사방을 힐끔거리지만 다른 사람 얼굴은 보지 않는다) 브리짓을 진정시켜야만 했어요. 당신이 또 늦으시니 난리를 치잖아요. 하지만 뭐라 할 수가 있어야지. 점심 식사가 오븐 안에서 차례를 기다리다가 말라붙어도 할 수 없대요. 먹든지 말든지 맘대로 하라네요. (점점 더 흥분하여) 아, 여기가 집인 척 가장하는 것도 정말 신물이 나요! 당신은 날 도와주지 않아요! 전혀 참고 희생하지 않죠! 진짜 집에서 어떻게 하고 사는지 알아야 말이지! 집을 원하지도 않잖아요! 우리가 결혼한 이후 당신은 한 번도 집을 원한 적이 없었어요! 당신은 독신으로 늙으면서 삼류 호텔에서 살고 바에서 친구들과 수작을 하며 살았어야 했다고요! (마치 타이런이 아니라 자기 자신에게 이야기하는 것처럼 묘한 어조로 덧붙인다) 그러면 아무 일도 일어나지 않았을 텐데. (모두들 메리를 쳐다본다. 타이런도 이제 알아차렸다. 그는 갑자기 지치고 서럽기 짝이 없는 늙은이가 된 듯 보인다. 아버지를 쳐다본 에드먼드는 그가 이미 알아차렸다는 사실을 깨닫지만, 그래도 어머니를 말리지 않을 수 없다)

에드먼드 엄마! 그만해요. 점심 먹으러 갑시다.

메리 (깜짝 놀라더니 곧 묘하게 초연한 표정으로 다시 돌아간다. 심지어 비꼬는 듯 혼자 재미있다는 미소를 짓는다) 그러게, 과거를 파고들다니 정말 생각 없는 짓이야. 너희 아버지와 제이미는 틀림없이 배가 고플 텐데 말이야. (팔을 에드먼드의 어깨에 두른다. 애정 어린 배려인 듯 보이지만 아득히 멀어진 느낌이기도 하다) 네가 입맛이 돌아야 할 텐데. 정말이지 더 먹어야 한단다. (눈길이 에드먼드 옆 탁자 위에 있는 위스키 잔에 가서 굳는다. 날카롭게) 저 잔이 왜 여기 있지? 너 술 마셨니? 오, 어떻게 그런 바보짓을! 그게 제일 나쁘다는 걸 몰라? (타이런을 향해 돌아선다) 여보, 당신이 문제예요. 어쩜 그렇게 둘 수가 있어요? 아이를 죽일 셈인가요? 우리 아버지를 기억해 보세요. 병이 나고 나서도 계속 마셨죠. 의사들은 바보라면서! 당신처럼 우리 아버지도 위스키는 원기를 돋운다고 생각했어요! (공포에 가득한 눈빛으로 말을 더듬는다) 물론 아버지와 비교할 일은 아니지만요. 왜 내가 그런……. 당신을 책망하다니 용서하세요, 여보. 가볍게 한잔한다고 에드먼드가 잘못되지는 않겠지요. 식욕을 돋워 준다면 아이에게 좋을 거예요. (에드먼드의 뺨을 장난스럽게 톡톡 친다. 다시 묘하게 초연한 태도. 에드먼드가 고개를 획 젖힌다. 메리는 깨닫지 못하는 것처럼 보이지만, 본능적으로 손을 치운다)

제이미 (팽팽한 긴장감을 감추려고 거칠게) 젠장, 좀 먹읍시다. 난 아침 내내 울타리 아래 더러운 흙 속에 파묻혀 일했다고요. 밥값은 했지. (어머니를 쳐다보지 않고 아버지의 등 뒤로 돌아가서는 에드먼드의 어깨를 부여잡는다) 가자, 꼬마. 창자를 채우자고. (에드먼드가 엄마의 눈길을 외면한 채 일어난다. 형제는 메리를 지나쳐 뒤쪽 복도로 향한다)

타이런 (멍하니) 그래, 얘들아, 엄마와 함께 들어가려무나. 곧 따라가마. (하지만 그들은 메리를 기다리지 않고 가 버린다. 그들이 뒤쪽 복도로 들어가는 동안 메리가 상처 입은 얼굴로 무기력하게 그들의 등을 바라보다가 뒤를 따른다. 타이런의 눈길이 그녀에게 머문다. 슬픔과 비난의 눈빛이다. 메리가 눈길을 느끼고 획 돌아서지만 그의 눈을 정면으로 바라보지는 않는다)

메리 왜 그런 눈으로 날 보는 거죠? (손이 허둥지둥 머리를 매만진다) 내 머리카락이 내려왔나? 지난밤에 너무 기진맥진해서 오늘 아침엔 좀 누워 있어야겠다 싶었죠. 잠시 졸다가 개운하게 낮잠을 잤어요. 하지만 틀림없이 일어나서 머리칼을 다시 다듬었는데. (억지로 웃음소리를 낸다) 하지만 언제나처럼 안경이 어디 있는지 찾지 못했죠. (날카롭게) 그만 쳐다보세요! 누가 보면 당신이 나를 비난하고 있는 걸로— (애원하듯) 제임스! 당신은 몰라요!

타이런 (분노에 차 무기력하게) 당신을 믿었다니, 내가 정말 바보 천치였다는 건 알고 있소! (메리를 지나쳐 한 잔 가득 술을 따른다)

메리 (다시금 완강하게 저항하는 얼굴로 굳어서) 〈당신을 믿었다〉라는 게 무슨 뜻인지 모르겠군요. 내가 느낀 거라곤 불신과 감시와 의심뿐이었는데. (다시 비난하듯) 왜 또 마시는 거죠? 점심 전에는 한 잔 이상 마시는 법이 없었잖아요. (쓸쓸하게) 어찌 될 건지 알겠어요. 오늘밤 취하시겠군요. 뭐, 처음도 아니고……. 한 천 번째쯤 되려나? (다시금 북받쳐서 애원하듯) 오, 여보, 제발! 당신은 몰라요! 난 에드먼드 때문에 너무 걱정이 돼서! 애가 어떻게 될까 봐 너무 두려워서—

타이런 당신 변명은 듣고 싶지 않아, 여보.

메리 (고통스럽게) 변명? 당신…… 내 말을 믿지 않는군요! 안 믿는군요, 여보! (다시 묘한 초연함에 빠져든다. 아무 일 없었다는 듯) 점심 먹으러 가지 않나요, 우리? 나야 먹고 싶은 게 없지만 당신은 배가 고프잖아요.

(메리가 서 있는 문간으로 타이런이 천천히 걸어간다. 그는 늙은이처럼 걷는다. 메리에게 다가가자 메리가 불쌍하게 외친다) 제임스! 난 노력했어요! 난 애썼다고요! 제발 믿어 줘요!

타이런 (자기도 모르게 뭉클해져서 무기력하게) 그랬을 거야 여보. (슬픔에 북받쳐) 제발 여보, 더 이상은 버틸 힘이 없었단 말이오?

메리 (다시 완강한 거부의 표정으로) 무슨 소리를 하는 건지. 뭘 더 이상 버틸 힘이 없었다는 거예요?

타이런 (절망적으로) 그만둡시다. 이젠 소용없는 말이지. (걸음을 옮기는 타이런 옆으로 메리가 동행하여 뒤쪽 복도를 통해 사라진다)

막이 내린다

제2장

같은 곳, 약 30분쯤 지났다. 위스키 병과 쟁반은 탁자에서 치워지고 없다. 막이 오르면 가족은 점심 식사를 마치고 돌아오는 중이다. 메리가 먼저 뒤쪽 복도를 통해 들어온다. 남편이 뒤를 따른다. 그는 1막 시작할 때 아침 식사를 마치고 등장할 때와 달리, 아내와 나란히 들어오지 않는다. 아내를 만지거나 쳐다보지도 않는다. 얼굴에는 힐난의 빛이 가득하고, 지치고 무력한 듯 해묵은 체념의 기색이 뒤섞여 있다. 제이미와 에드먼드가 아버지를 따라 들어온다. 제이미의 얼굴은 방어적인 냉소주의로 딱딱하게 굳어 있다. 에드먼드는 이런 방어적인 자세를 따라해 보지만 뜻대로 되지 않는다. 몸뿐 아니라 마음도 아프다는 것이 역력하게 드러난다.

메리는 점심 내내 그들과 함께 앉아 있느라 지나치게 긴장했던 듯 다시 끔찍한 신경과민 상태로 돌아가 있다. 하지만 그러면서도 묘하게 거리를 두는 듯한 태도로 인해, 스스로를 갉아먹는 신경과민이나 불안감으로부터 떨어진 듯한 면모가 있다.

메리는 이야기를 하면서 들어온다. 건성으로 이어지는 말의 폭포수가 가족 간의 일상적인 대화처럼 그녀의 입에서 흘러나온다. 그녀는 다른 가족은 물론 자신조차 스스로의 말에 귀 기울이지 않는다는 사실을 괘념치 않는 듯 보인다. 말을 하면서 메리는 탁자의 왼쪽에 와서 선다. 정면을 바라보고 있는데, 한 손은 옷의 앞섶을 더듬고 다른 한 손은 탁자 위를 돌아다닌다. 타이런은 시가에 불을 붙여 물고 방충 문으로 가서 바깥을 바라본다. 제이미는 뒤쪽 책장 위에 있는 항아리로 가 파이프를 채워 넣은 후 불을 붙이고는 오른편 창가를 내다보러 간다. 에드먼드는 탁자 옆 의자에 앉아서, 어머니를 보지 않을 수 있도록 반쯤 몸을 돌린다.

메리 브리짓을 탓해 봐야 소용없다니까요. 듣지를 않아. 내가 나무라면 그만두겠다고 달려드는 판이라니까. 가끔은 잘하기도 해요. 불행히도 그럴 땐 당신이 반드시 늦는다는 거죠. 어쨌든 위안거리는 있어요. 제일 잘한 요리와 제일 엉망인 요리의 맛이 별 차이가 없답니다. (초연한 태도로 재미있다는 듯 작게 웃다가 무심하게) 상관없지 뭐. 여름은 곧 끝날 테니까. 고맙

기도 해라. 곧 시즌이 시작되면 우리는 삼류 호텔과 기차로 돌아가겠지요. 그것도 싫긴 하지만, 최소한 집다운 것을 기대하지 않을 수는 있어요. 신경 써야 할 살림도 없고. 브리짓이나 캐슬린더러 마치 진짜 집인 양 돌보라고 하는 건 무리예요. 우리도 알고 하녀들도 알죠. 한 번도 우리 집이었던 적이 없고, 앞으로도 그럴 거예요.

타이런 (돌아보지도 않고 씁쓸하게) 그래, 이젠 그럴 수 없지. 하지만 한때는 우리 집이었소. 예전에 당신이—

메리 (거부하듯 표정을 굳히며) 예전에 내가 뭐요? (쥐 죽은 듯 조용하다. 다시금 초연한 태도로) 아니, 아니에요. 당신 말이 무슨 뜻이든 간에, 그건 사실이 아니에요. 집이었던 적은 한 번도 없어요. 당신은 언제나 클럽이나 바를 더 좋아했지요. 나는 싸구려 여관의 먼지 낀 방에서와 마찬가지로 언제나 외로웠고요. 진짜 집이라면 결코 외롭지 않답니다. 난 집이 어떤 건지 경험으로 아는데 당신은 그걸 모르시나 봐. 난 당신과 결혼하기 위해 진짜 집을 포기했지요. 우리 아버지의 집 말예요. (갑자기 연상되는 생각에 에드먼드에게로 돌아선다. 부드럽고 배려하는 듯한 태도에 묘한 초연함이 스며 있다) 난 네가 걱정이란다, 에드먼드. 점심 식사를 거의 건드리지도 않더구나. 그건 자신을 돌보는 행동이 아니야. 난 식욕이 없어도 괜찮아. 살이 너무 찌고 있거든. 하지만 넌 먹어야 해. (엄마답게 구슬리듯) 먹겠다고 약속해라, 애야. 엄마를 위해서 말이야.
에드먼드 (멍하니) 예, 엄마.
메리 (아들의 뺨을 톡톡 두드리자 에드먼드는 움츠러들지 않으려고 애쓴다) 착해라. (다시 쥐 죽은 듯 조용해진다. 응접실의 전화가 울리자 모두들 깜짝 놀라 몸이 굳는다)
타이런 (황급히) 내가 받을게. 맥과이어가 전화하겠다고 했거든. (응접실로 나간다)
메리 (관심 없다는 듯) 맥과이어라고? 너희 아버지 말고는 아무도 사지 않을 땅덩어리가 또 하나 생겼나 보지. 이젠 상관도 없는 일이지만. 너희 아버진 땅 살 돈은 항상 있으면서 나에게 진짜 집을 줄 여유는 없나 보더라. (타이런의 목소리가 복도를 통해 들려오자 말을 멈추고 귀를 기울인다)
타이런 여보세요. (억지로 호탕하게) 아, 안녕하시오, 의사 선생? (제이미가 창문에서 몸을 돌린다. 메리의 손가락이 더 빠르게 탁자 위를 움직여 다닌다. 타이런의 목소리는 나쁜 소식을 들었다는 기색을 감추지 못한다) 그렇군요……. (서둘러) 아, 오늘 오후 아들을 보거든 찬찬히 설명을 해주시오. 그래요, 제때 도착할 거요. 4시 정각. 나도 그전에 들러서 얘기를 듣도록 하지요. 어차피 일이 있어서 시내로 나가 봐야 하니까. 그럼 안녕히 계시오.

에드먼드 (멍하니) 좋은 소식 같진 않군. (제이미가 가엾다는 눈빛으로 동생을 보다가 다시 창가로 향한다. 메리의 얼굴은 공포에 질려 있고 손은 퍼덕거린다. 타이런이 들어온다. 에드먼드에게 아무 일 없다는 듯 얘기하지만 그 속의 긴장감은 숨길 수 없다)

타이런 하디 선생이었다. 4시에 꼭 와서 얘기를 하자는구나.

에드먼드 (멍하니) 뭐래요? 이젠 상관도 안 하지만.

메리 (상기되어 말을 쏟아낸다) 그 작자가 성경책 한 무더기에 손을 얹고 얘기를 한대도 난 안 믿어. 너도 그 사람 얘기에 귀를 기울이면 안 돼, 에드먼드.

타이런 (날카롭게) 메리!

메리 (더 흥분하여) 아아, 당신이 왜 그 사람을 좋아하는지 우린 다 알아요, 여보! 그 양반은 싸거든! 내게 이러쿵저러쿵 말하려 들지 말아요! 난 하디 선생을 잘 알아. 이렇게 세월이 지났는데 잘 아는 게 당연하지. 그 사람은 바보 천치예요! 그런 사람이 의사 노릇을 못 하게 막는 법이라도 있어야 해요. 그 작자는 정말 아무것도 몰라……. 너무 고통스러워서 반쯤 정신이 나가도, 그 작자는 손을 붙잡고 앉아 의지력으로 이겨내야 한다는 설교를 하려 들죠! (지독한 괴로움을 떠올리자 얼굴이 일그러진다. 순간 주의력을 상실하고 쓰디쓴 증오감으로) 그 작자는 의도적으로 사람을 비참하게 만들어요! 엎드려 빌게 만들죠! 내가 범죄자라도 되는 양 취급해! 아무것도 모르면서! 약만 주고선 돌이킬 수 없을 때까지 아무것도 안 하는 싸구려 돌팔이 주제에! (열이 받쳐서) 난 의사가 정말 싫어! 환자를 계속 오게 하기 위해서라면 뭐든, 뭐든 하죠. 자기 영혼이라도 팔걸! 그뿐이 아냐, 환자의 영혼도 팔아 버리지! 어느 날 정신 차리고 보면 내 영혼이 지옥에서 불타고 있어!

에드먼드 엄마! 제발 그만 얘기하세요.

타이런 (떨리는 목소리로) 그래, 여보, 지금은 그럴 때가—

메리 (갑자기 죄책감에 혼란스러워하며 말을 더듬는다) 난……. 용서하세요, 여보. 맞아요, 지금은 화내 봐야 소용없지요. (쥐 죽은 듯한 고요. 메리가 다시 입을 여는데 얼굴이 말갛고 평온하다. 기괴할 정도로 초연한 태도와 목소리로) 괜찮다면 위층에 좀 올라가 있을게요. 머리를 좀 다듬어야겠군요. (미소 지으며 덧붙인다) 안경을 찾을 수 있다면 말이죠. 곧 내려올게요.

타이런 (메리가 문간으로 가기 시작하자 애원과 나무람을 담아) 메리!

메리 (차분하게 돌아보며 응시한다) 왜요, 여보? 무슨 일이죠?

타이런 (무력하게) 아니오.

메리 (묘하게 비웃는 듯한 미소를 지으며) 그렇게 의심스럽다면 와서 지켜보시든지요.

타이런 그래 봐야 무슨 소용이나 있나! 단지 시간만 미룰 뿐이겠지. 난 간수가 아니오, 여긴 감옥이 아니고.

메리 아니겠죠. 여전히 당신은 여기가 우리 집이라고 철석같이 믿고 싶은 사람이니까. (뉘우치는 듯하지만 무심한 어조로 재빨리 덧붙인다) 미안해요, 여보. 난 비난하는 게 아니에요. 당신 잘못이 아닌 걸요. (몸을 돌려 뒤쪽 복도로 사라진다. 그동안 방에 남은 세 사람은 말이 없다. 마치 메리가 위층으로 올라가길 기다리는 듯하다)

제이미 (냉소적으로 거칠게) 또 팔에 한 방 맞으셔야지!

에드먼드 (화가 나서) 그딴 말 집어치워!

타이런 그래! 더러운 혓바닥일랑 묶어 놔라. 브로드웨이 딴따라 놈팡이처럼 말하지 말란 말이야! 넌 동정심도 예절도 없구나! (분기탱천하여) 너 같은 놈은 시궁창에 처박혀야 해! 하지만 그렇게 되면 울고불고 변명해 주고 불평하면서 기어코 널 다시 돌아오게 할 사람이 누구일지는 네녀석이 더 잘 알겠지.

제이미 (고통으로 얼굴이 씰룩거린다) 젠장, 내가 그걸 몰라요? 동정심이 없다고? 난 세상에서 어머니가 제일 불쌍해. 어머니가 얼마나 어려운 싸움을 하는지 난 안다고요. 어떤 싸움인지 아버지는 상상도 못할걸! 내가 더럽게 말한다고 아무 감정도 없는 줄 아세요? 우리 모두 아는 건 까놓고 얘기하자는 거지. 그래야 다시 살아 나갈 거 아니에요. (씁쓸하게) 치료해 봐야 얼마 못 가는 걸, 실상은 아무런 치료법이 없는 걸, 우리는 멍청이같이……. (냉소적으로) 완전히 좋아진 줄 알았지!

에드먼드 (멸시하듯 형의 냉소주의를 따라한다) 완전히 좋아진 줄 알았지! 거의 확실했다고! 다 사기였어! 우린 모두 어리석은 멍청이들이라 도저히 어쩔 수가 없어! (업신여기듯) 제기랄, 차라리 나도 형처럼 생각했다면…….

제이미 (잠시 찔끔한다. 곧 어깨를 으쓱하며 냉담하게) 난 너도 나 같은 줄 알았지. 네가 쓴 글 나부랭이도 별로 즐거운 건 아니거든. 네가 읽고 좋아하는 글들도 그렇고. (뒤쪽에 있는 작은 책장을 가리킨다) 저 이름도 제대로 발음하기 힘든 작자들 말이야.

에드먼드 니체. 무슨 얘기를 하는지도 형은 몰라. 읽어 보지도 않았잖아.

제이미 순 허풍이라는 것 정도는 알아!

타이런 됐어, 둘 다! 네가 브로드웨이 바닥에서 익힌 망나니 철학이나 에드먼드가 읽는 책들이나 좋을 것 없어. 모두 속속들이 썩었지. 둘 다 모태 신앙으로 키웠는데 너흰 그걸 버렸어……. 가톨릭 교회라는 유일 신앙 말이다. 신앙을 부정하고 나니 자기 파괴밖에 남는 게 없지! (두 아들이 멸시하듯 아버지를 쳐다본다. 자신들의 말다툼을 잊어버리고 한편이 되어 아버지에게 대항한다)

에드먼드 순 허풍이에요, 아버지!

제이미 우린 적어도 위선을 떨지는 않아요. (신랄하게) 아버지 역시 바지 무릎이 다 해질 정도로 열심히 무릎 꿇고 기도한다는 소리는 듣지 못했는데요.

타이런 성례를 제대로 지키지 않는 나쁜 가톨릭 교인이라는 건 인정한다. 하느님 용서하소서. 하지만 난 믿어! (격앙되어) 그리고 네 말은 틀렸어! 난 교회에는 안 나가도 매일 아침저녁으로 무릎 꿇고 기도한다!

에드먼드 (물어뜯듯) 엄마를 위해 기도하셨나요?

타이런 그래, 너희 엄마를 위해 오랫동안 기도해 왔다.

에드먼드 그러면 니체의 말이 맞아요. (『차라투스트라는 이렇게 말했다』에서 인용한다) 〈신은 죽었다. 인간에 대한 동정심으로 인해 신은 죽었다.〉

타이런 (무시하고) 너희 엄마도 같이 기도했더라면……. 너희 엄마는 신앙을 부인하지는 않았지만 믿음을 잊어버렸지. 이제는 저주에 대항해서 싸울 만한 영적 기운이 남아 있지 않아. (체념하여 멍하니) 그러나 얘기해 봐야 뭐하겠니? 이전에도 이렇게 살아 보지 않았니. 다시 그렇게 살아야겠지. 어쩔 수 없어. (씁쓸하게) 이번엔 희망이라도 없었으면 좋았을걸! 젠장, 다시는 기대하지 말아야지!

에드먼드 그렇게 지독한 말을 하다니! (덤벼들듯) 난 희망을 품겠어요! 엄마는 이제 막 시작했을 뿐이잖아요. 아직 그 마수에 꽉 잡힌 건 아니에요. 아직은 그만둘 수 있다고요. 가서 얘기해 봐야겠어요.

제이미 (어깨를 으쓱한다) 이젠 얘기해 봐야 소용없어. 들어도 듣고 있는 게 아냐. 여기 있어도 있는 게 아냐. 어떻게 되는지 너도 알잖아.

타이런 맞아, 독성이 엄마를 그렇게 만들지. 지금부터는 매일 그렇게 우리에게서 멀어지고, 마침내는 밤마다—

에드먼드 (비통한 심정으로) 그만해요, 아버지! (의자를 박차고 일어난다) 가서 옷을 입어야겠어요. (가면서 씁쓸하게) 요란하게 소리를 내서 내가 엄마를 엿보러 온 게 아니란 걸 알게 해주겠어요. (응접실을 통해 사라진다. 쿵쾅거리며 위층으로 올라가는 소리가 들린다)

제이미 (잠시 후) 하디가 뭐래요?

타이런 (멍하니) 네가 생각한 대로야. 폐결핵이래.

제이미 이런 빌어먹을!

타이런 의심의 여지가 없대.

제이미 요양원으로 가야겠군요.

타이런 그래, 빠를수록 좋다는구나. 애를 위해서나 주변 사람들을 위해서나. 지시에 충실히 따르기만 한다면 6개월에서 1년 사이에 치료가 될 거라고 장담하더라. (한숨을 쉰다. 우울하고 원망스럽게) 난 한 번도 내 자식이 이렇게……. 내 쪽에서 온 건 아니야. 내 가계는 모두 황소처럼 튼튼한 폐를 가졌지.

제이미 누가 신경이나 쓴대요! 하디는 어디로 보내라고 하던가요?

타이런 안 그래도 그 문제에 대해서 하디와 얘기를 좀 해봐야 해.

제이미 제발 좋은 곳을 고르세요, 싸구려 쓰레기통 같은 곳 말고!

타이런 (뜨끔해서) 하디가 최선이라고 생각하는 곳이라면 어디든 보낼 거야!

제이미 하디에게 푸념이나 하지 마세요. 세금에 저당에 빈민 구호소 타령에.

타이런 난 돈을 내다 버릴 만큼 백만장자가 아니다! 하디에게 사실대로 말하는 게 뭐가 나빠?

제이미 그러면 하디는 아버지가 싸구려 요양원을 원한다고 생각할걸요. 게다가 아버지 말이 사실이 아니라는 것도 알게 될 거예요. 나중에 아버지가 떠버리 맥과이어에게서 또 거지 같은 땅을 샀다는 사실을 듣게 될 테니까!

타이런 (흥분하여) 내 일에는 신경 꺼!

제이미 이건 에드먼드 일이에요. 내가 두려운 건요, 아버지가 아일랜드식으로 무식하게, 결핵 걸리면 다 죽게 될 테니 쓸데없이 돈을 쓰는 건 낭비일 뿐이라고 생각한다는 거예요.

타이런 헛소리!

제이미 좋아요, 그럼 내 말이 헛소리라는 걸 증명해 보세요. 나도 헛소리이기를 바라고 이 얘기를 꺼낸 거니까.

타이런 (여전히 화가 부글부글 끓는다) 난 에드먼드가 완치되기를 절실히 원해. 아일랜드에 대해 더러운 혓바닥 놀리지 마라! 네 얼굴에 아일랜드계의 흔적이 선명하게 보이는데 그걸 비웃다니 웃기는 놈이지.

제이미 세수하면 사라져요. (조국에 대한 모욕에 타이런이 뭐라고 대꾸하기 전에, 어깨를 으쓱하며 냉담하게 덧붙인다) 자, 난 할 얘기 다했어요. 아버지 차례예요. (불쑥) 오늘 오후 아버지가 시내에 나가시면 난 뭘 할까요? 내 몫의 울타리까진 다 손질했어요. 내가 아버지 보다 앞서 나가는 건 싫어하시잖아요.

타이런 그렇지, 늘 그렇듯이 넌 모든 걸 다 망쳐 버릴 테니까.

제이미 그럼 에드먼드와 함께 시내에 나가 보겠어요. 엄마 일에다가 나쁜 소식까지 겹쳐서 에드먼드가 충격이 클 것 같아요.

타이런 (말다툼을 잊어버리고) 그래, 같이 나가거라, 애야. 할 수 있으면 기분을 좀 돋워 줘라. (신랄하게 덧붙인다) 술 한잔 더 할 구실로 삼지는 말고!

제이미 돈이 있어야죠. 듣자 하니 술은 그냥 퍼주는 게 아니라 여전히 사 마셔야 한다던데. (응접실로 향한다) 옷 갈아입을게요. (문가에 멈춰 서서 복도 쪽에서 다가오는 어머니를 들여보낸다. 메리의 눈은 반짝거리고 행동은 더 초연해졌다. 시간이 지날수록 이 변화는 점점 더 분명하게 드러난다)

메리 (멍하게) 어디서 내 안경 못 봤니, 제이미? (아들을 보지 않는다. 아들 역시 외면한 채 대답하지 않고, 메리도 대답을 기대하지 않는 듯 보인다. 앞으로 나와 역시 쳐다보지 않은 채 남편에게 묻는다) 당신도 안경 못 봤죠, 여보? (메리 뒤에서 제이미가 응접실로 사라진다)

타이런 (방충 문 바깥을 바라보며) 못 봤어, 여보.

메리 제이미 왜 저래요? 당신이 또 구박했나요? 당신은 항상 애를 멸시해서 탈이에요. 그 애 잘못이 아니에요. 제대로 된 가정에서 컸더라면 틀림없이 달랐을 텐데. (오른편 창문으로 가서는 가볍게 말한다) 당신 일기 예보는 틀렸네요, 여보. 안개가 얼마나 꼈는지 봐요. 저쪽 해안도 안 보여요.

타이런 (자연스럽게 말하려고 애쓰며) 그러게, 너무 성급하게 예측했군. 안개 자욱한 밤이 되겠는걸.

메리 아, 난 오늘밤엔 신경 안 쓸 거예요.

타이런 그래, 그럴 것 같군, 여보.

메리 (남편을 힐끗 보고는 잠시 후) 제이미가 울타리로 내려가지 않네요. 어디 간 거죠?

타이런 에드먼드와 함께 의사에게 갈 거요. 옷 갈아입으러 갔어. (메리를 떠날 구실이 생겨 기쁘다) 나도 옷을 갈아입어야겠군. 클럽 모임에 늦겠어. (응접실을 향해 가는데 메리가 충동적으로 팔을 뻗어 남편의 팔을 잡는다)

메리 (애원하는 목소리로) 가지 말아요, 여보. 난 혼자 있고 싶지 않아요. (허둥대며) 내 말은, 당신, 아직 시간이 있잖아요. 당신은 아이들보다 열 배나 빨리 옷을 갈아입는다고 자랑했잖아요. (멍하게) 말하고 싶은 게 있어요. 뭐더라? 잊어버렸네. 제이미가 시내에 나간다니 다행이네요. 돈은 주지 않았겠죠?

타이런 안 줬어.

메리 돈 있으면 술 먹는 데 써버릴 거고, 취하면 얼마나 독한 말을 퍼붓는지 잘 알잖아요. 오늘 밤 무슨 얘길 들어도 난 상관 안 하겠지만 당신은 열 받아 펄펄 뛰겠죠. 당신 역시 술이 취해 있을 테니 더더욱.

타이런 (불만스럽게) 아냐, 난 안 취할 거요.

메리 (무심하게 놀리며) 아, 약속했으니 꼭 지키시겠네요. 언제나 그랬으니까. 다른 사람들이야 모르겠지만

35년 동안이나 결혼 생활을 하다 보니—

타이런 난 평생 한 번도 공연 시간에 늦은 적이 없어. 그게 증거지! (씁쓸하게) 내가 취한다 해도 당신은 날 비난할 수 없을 거요. 나보다 더 좋은 구실이 있는 사람도 없지.

메리 구실? 어떤 구실? 당신은 클럽에만 가면 언제나 만취가 되어 오지 않나요? 특히 맥과이어를 만나면 더하죠. 그 사람이 그렇게 만들어 놓잖아요. 내가 책잡는다고 생각하진 마세요, 여보. 좋을 대로 하셔야죠. 난 신경 안 써요.

타이런 신경 안 쓰는 거 알아. (자리를 피하고 싶어 응접실로 향한다) 옷 갈아입어야 해.

메리 (다시 손을 뻗어 남편의 팔을 잡고 애원하듯) 제발요, 조금 더 있어 줘요, 여보. 적어도 애들 중 하나라도 내려오고 난 다음에 가세요. 모두들 내게서 너무 빨리 떠나가려고 해요.

타이런 (씁쓸하고 슬픈 어조로) 우리를 떠나는 건 당신이잖소, 여보.

메리 내가? 무슨 말씀이세요, 여보. 내가 어떻게 떠나요? 난 갈 데가 아무 데도 없어요. 내가 누굴 보러 가겠어요? 친구도 없는데.

타이런 그건 당신 잘못이지……. (말을 멈추고 무력하게 한숨을 쉰다. 설득하듯이) 오늘 오후에 당신이 할 일이 있소, 여보. 당신에게 좋을 거야. 차를 타고 드라이브를 나가 보구려. 이 집을 떠나 봐. 햇볕도 쬐고 신선한 공기도 마시고. (상심하여) 난 당신을 위해 그 차를 샀는데. 난 자동차라는 놈을 좋아하지 않아. 차라리 걷거나 전철을 타지. (점점 더 불만스럽게) 당신이 요양원에서 돌아오면 타라고 준비해 둔 거였어. 당신이 자동차를 보면 기뻐할 줄 알았거든. 마음을 쏟고 즐거워할 줄 알았지. 그런데 처음에는 매일 그걸 타고 다니더니, 최근에는 거의 쓰지 않더군. 난 여유도 없었는데 거기다 많은 돈을 지불했단 말이야. 운전사까지 쓰는 바람에, 숙식을 해결해 주고 차를 몰든 안 몰든 높은 봉급도 주어야 해. (쓰디쓰게) 낭비야! 이렇게 계속 낭비하다간 노년에 빈민 구호소에서 죽게 될 거야! 도대체 무슨 쓸모가 있었단 말이오? 돈을 창밖으로 내다 버리는 거나 마찬가지야.

메리 (거리를 두고 차분하게) 맞아요, 돈 낭비였어요, 여보. 중고차를 사서는 안 되는 거였죠. 당신은 여느 때처럼 또다시 사기를 당한 거예요. 무엇이든 중고로 싸게 사려고 기를 쓰니까요.

타이런 최고로 좋은 브랜드야! 새 차보다 훨씬 좋다고 다들 그랬어!

메리 (못 들은 척하며) 스마이드를 고용한 것도 돈 낭비였죠. 정비소 보조밖에 안 되지. 운전사라고는 할 수 없으니까요. 진짜 운전사보다 봉급은 적어도, 아마 그만큼 벌충하고 있을걸요. 차 수리비로 부정 이득을 쏠쏠히 챙기는 게 분명해요. 항상 뭔가 고장 나 있잖아요. 스마이드가 손을 쓰고 있는 게 아닌가 싶어요.

타이런 난 그런 말 안 믿어! 스마이드는 백만장자네 제복 입은 하인은 아닐지 몰라도 정직한 사람이야! 당신도 제이미만큼 나빠. 모두 다 의심하고!

메리 기분 나빠 하지 말아요, 여보. 나도 당신이 그 차를 선물했을 때 기분 나빠 하지 않았잖아요. 당신은 나를 비참하게 하려던 게 아니었으니까요. 난 당신이 모든 일에 그렇다는 걸 알죠. 감사했고 감동받았어요. 차를 사는 건 당신에게 쉽지 않은 일이었을 거예요. 당신이 나를 얼마나 사랑하는지 나름 증명해 주죠. 특히 내게 별 도움이 안 되리라고 생각하면서도 그걸 샀을 땐 말이죠.

타이런 메리! (갑자기 메리를 품에 안고 울먹인다) 여보, 메리! 날 생각하고 아이들을 생각하고 당신 자신을 생각해서라도, 제발 이제 그만하면 안 되겠소?

메리 (잠시 죄책감으로 혼란스러워하여 말을 더듬는다) 난…… 여보! 제발! (즉시 묘하게 완강한 방어 기제가 다시 발동하여) 뭘 그만해요? 무슨 얘기를 하시는 거죠? (타이런은 상심하여 팔을 늘어뜨린다. 메리가 충동적으로 남편을 껴안는다) 여보! 우린 서로 사랑했잖아요!

영원히 그럴 거예요! 그것만 기억하고, 우리가 이해할 수 없는 건 굳이 이해하려 하지 말아요. 어쩔 수 없는 걸 어떻게 해보려고 하지 말자고요. 운명이 저질러 놓은 것들을 우리는 변명도 설명도 할 수 없어요.

타이런 (마치 듣지 못한 듯 씁쓸하게) 시도조차 안 해보겠다는 거요?

메리 (무력하게 팔을 늘어뜨리고 돌아서서 초연하게) 오후에 드라이브를 나가 보라고요? 아, 그러죠, 원하신다면야. 여기 있는 것보다 나를 더 외롭게 만들긴 하지만요. 함께 드라이브하자고 초대할 사람도 없고 스마이드에게 어디로 가라고 해야 할지도 모르는 걸요. 어디 들러 볼 만한 친구네 집이 있어서 웃으며 수다를 떨 수 있으면 좋으련만. 물론 그런 데는 없죠. 한 번도 그런 곳은 없었죠. (점점 더 멀어져 가는 듯한 태도로) 수녀원에서는 친구들이 정말 많았어요. 친구들은 모두 예쁜 집에서 가족들과 살고 있었지요. 난 그 아이들 집에 놀러 갔고 그 아이들은 우리 집에 놀러 왔어요. 하지만 내가 배우와 결혼하고 난 다음부터는 자연스럽게…… 많은 친구들이 내게 등을 돌렸죠. 당시에 배우들이 어떤 취급을 받았는지 아시잖아요. 그리고 우리가 결혼한 직후에는 당신 정부였던 여자가 당신을 고소하는 스캔들이 있었죠. 그 이후로 내 친구들은 나를 동정하거나 아니면 쌀쌀맞게 대했어요. 난 동정하는 친구들이 더 싫었죠.

타이런 (죄책감에 책망하듯) 제발 오래된 얘기들은 잊어 버리시오. 이제 오후의 시작인데 벌써 그렇게 과거로 돌아가 버리면 오늘 밤에는 대체 어디까지 가 있을 생각이오?

메리 (도전적으로 남편을 바라보며) 생각해 보니 시내에 나갈 일이 있었네요. 약국에서 살 게 있어요.

타이런 (씁쓸하게 꾸짖듯) 숨겨 놓은 것들을 다 써버려서 좀 더 얻으려는 처방전이겠지! 많이 쌓아 놓으시오. 또다시 한밤중에 약을 더 달라고 소리 지르고, 잠옷만 입고서 인사불성으로 집 밖으로 뛰쳐나가 항구에 몸을 던지는 사태가 일어나지 않도록 말이오!

메리 (못 들은 척하며) 치약하고 세숫비누하고 콜드크림하고……. (가련하게 무너진다) 여보! 그런 걸 기억하지 마세요! 나를 그렇게 모욕하면 안 돼요!

타이런 (민망하여) 미안하오. 용서하오, 여보!

메리 (다시 초연하고 방어적인 태도로) 상관없어요. 그런 일은 일어난 적 없어요. 당신, 꿈을 꿨나 보군요. (타이런이 절망적으로 메리를 바라본다. 메리의 목소리는 점점 더 멀리 떠나가는 사람의 것처럼 들린다) 에드먼드가 태어나기 전에 난 정말 건강했었죠. 기억나죠, 여보? 신경성이라는 게 뭔지도 모르는 체질이었어요. 계절이 바뀔 때마다 당신의 하룻밤 공연을 따라 제대로 된 객실도 없는 기차를 타고 다니며 더러운 호텔의 지저분한 방에서 저질 음식을 먹고, 그곳에서 아이들을 낳고, 그러면서도 나는 늘 건강했어요. 하지만 에드먼드를 낳고서부터는 상황이 완전히 바뀌었지요. 그때부터 너무나 아팠고, 싸구려 호텔의 무식한 돌팔이 의사가……. 그자가 아는 거라곤 내가 통증을 겪고 있다는 사실이었죠. 통증을 없애는 건 쉬운 일이었어요.

타이런 메리! 제발, 과거는 잊어버려!

메리 (이상할 정도로 객관적이고 차분하게) 왜요? 내가 어떻게 잊을 수 있겠어요? 과거가 현재 아닌가요? 미래이기도 하지요. 우린 모두 벗어나려 하지만 인생이 우리를 가만두지 않아요. (계속한다) 난 그저 나 자신을 탓하는 것뿐이에요. 유진이 죽고 난 이후 난 다시는 아기를 가지지 않겠다고 다짐했지요. 아기가 죽은 건 내 잘못이었어요. 당신 순회공연에 동행하느라 아기를 친정어머니께 맡기고 나오지만 않았어도……. 당신이 편지에다 너무 보고 싶다고, 너무 외롭다고 써 보냈기 때문이었어요. 그 일만 없었어도 홍역을 앓는 제이미가 아기 방에 들어가는 사태는 일어나지 않았겠지요. (얼굴이 딱딱하게 굳는다) 난 제이미가 일부러 그랬다고 믿어요. 그 앤 아기를 질투했죠. 아기를 미워했어. (타이런이 반박하려 하자) 아, 나도 알아요, 제이미는 겨우 일곱 살이었죠. 하지만 그 아인 바보가 아니었어요. 아기가 죽을 수도 있다고 경고를 받았으니 다 알고 있었지요. 그 일 때문에 나는 결코 제이미를 용서할 수 없어요.

타이런 (쓸쓸하고 슬프게) 이제 유진까지 데리고 나온 거요? 죽은 아기는 평화롭게 안식하도록 가만히 둘 수 없겠소?

메리 (마치 못 들은 것처럼) 내 잘못이었어. 유진을 데리고 있겠다고 고집했어야 했어. 당신을 사랑한다 해도 동행하지 말았어야 했다고요. 무엇보다도 유진의 자리를 대신할 또 다른 아기를 가지라는 당신 말을 듣지 말았어야 했어요. 당신은 그렇게 하면 내가 아기의 죽음을 잊어버릴 줄 알았겠지. 그때쯤 난 경험으로 알게 되었죠. 아이들은 태어나 자랄 집이 있어야 한다는 것을. 여자들은 집이 있어야 좋은 엄마가 된다는 것을. 에드먼드를 가진 내내 두려웠어요. 무언가 무서운 일이 일어나리란 걸 알았거든요. 유진을 버리고 갔기 때문에 난 또 다른 아기를 가질 자격이 없다는 걸, 또 아기를 가진다면 하느님이 벌주시리라는 걸 알았거든요. 난 결코 에드먼드를 낳지 말았어야 했어.

타이런 (불안하게 응접실을 힐끗거리며) 메리! 말조심해. 애가 당신 말을 들으면 당신이 그 애를 원치 않은 줄 알겠어. 이미 상태도 너무 안 좋은데—

메리 (통렬하게) 아니야! 난 아기를 원했어! 이 세상 무엇보다 아기를 원했지! 당신은 이해 못 해요! 난 그 애를 생각해서 한 말이라고요. 그 애는 한 번도 행복하지 못했어요. 앞으로도 그럴 거야. 건강했던 적도 없어요. 선병질로 태어났고 너무 예민하고, 그건 다 내 탓이죠. 에드먼드가 아픈 것을 볼 때마다 난 자꾸 유진과 우리 아버지가 떠올라서 겁에 질리고 죄책감이 생겨서……. (다시 자신을 추스르고 완강하게 부정하는 태도로 돌아선다) 아, 이유 없이 끔찍한 것들을 상상하는 건 바보 같은 짓이야. 감기는 누구나 앓고 낫는 거니까. (타이런이 그녀를 바라보다가 힘없이 한숨을 쉬고는 응접실로 몸을 돌린다. 에드먼드가 계단을 내려와 복도를 지나오고 있다)

타이런 (낮은 목소리로 날카롭게) 에드먼드가 오는군. 제발 정신 차리시오. 적어도 아이가 있을 때만이라도! 애를 위해 그 정도는 해줘야지! (인자한 아버지의 얼굴을 억지로 꾸미고 기다린다. 메리는 겁에 질려 다시금 신경질적인 공황 상태로 돌아간다. 손이 옷의 앞섶을 더듬고 목과 머리로 올라갔다가 길을 잃고 정처 없이 헤맨다. 에드먼드가 문가로 다가오자 메리는 얼굴을 마주하지 못하고 왼쪽 창가로 잽싸게 옮겨 가 응접실에 등을 돌리고 바깥을 내다본다. 에드먼드가 들어온다. 푸른색 모직 기성복에 높고 빳빳한 옷깃과 타이, 검은 구두로 차려입었다)

타이런 (배우다운 호탕함으로) 자! 아주 말쑥하구나. 나도 막 옷을 갈아입으려던 참이었다. (에드먼드를 지나쳐 간다)

에드먼드 (냉담하게) 잠깐만요, 아버지. 불쾌한 이야기를 꺼내긴 싫지만 차비가 필요해서요. 지금 빈털터리거든요.

타이런 (무심코 으레 하는 설교를 시작한다) 네가 돈의 가치를 알아야 정신을 차리— (죄책감에 자신을 제어하고 동정하듯 근심스럽게 아들의 병색을 살핀다) 가치를 알아 가고 있는 중이지, 안 그러냐? 아프기 전까지 열심히 일했으니까. 잘해 왔어. 네가 자랑스럽다. (바지 주머니에서 지폐 뭉치를 꺼내 주의 깊게 하나를 고른다. 에드먼드가 지폐를 받아 들고 힐끗 보더니 놀라운 표정으로 변한다. 티론은 늘 그렇듯 습관적으로 비꼰다) 고맙습니다. (그러고는 인용한다) 〈독사의 이빨보다 더 날카로운 것은—〉

에드먼드 〈고마워할 줄 모르는 자식이다.〉[3] 알아요. 감사할 기회를 주셨어야죠, 아버지. 너무 놀라 할 말을 잃었잖아요. 1달러가 아니네. 10달러짜리예요.

타이런 (자신의 후한 인심에 쑥스러워하며) 주머니에 넣어 둬라. 시내에서 친구들을 만날 때 주머니에 든 게

---

3 「리어 왕」 제1막 제4장.

없으면 신나고 즐겁게 놀 수 없지 않겠니.

에드먼드 정말요? 정말 고마워요, 아버지. (잠시 진정으로 즐거워하고 고마워하다가 불안한 듯 아버지의 얼굴을 의심스럽게 쳐다본다) 하지만 왜 갑자기……. (냉소적으로) 하디 선생이 나 죽을 거라고 하던가요? (아버지가 상처받은 것을 느끼고) 아녜요! 거지 같은 농담이에요. 그저 웃자고 한 소리라고요, 아버지. (충동적으로 아버지를 안고 애정 어린 포옹을 한다) 정말 고마워요. 진짜로요, 아버지.

타이런 (뭉클하여 함께 포옹한다) 그래, 애야.

메리 (갑자기 무서움과 분노가 뒤섞인 고함을 지르며) 안 돼! (발을 구른다) 알겠니, 에드먼드? 그런 무서운, 말도 안 되는 소리를 하다니! 죽을 거라고? 다 네가 읽는 책 때문이야! 슬픔과 죽음에 관한 얘기밖에 없지! 그런 걸 읽게 한 너희 아버지에게도 잘못이 있어! 그리고 네가 쓴 시들은 더 나빠! 넌 살고 싶지 않다고 생각하지! 앞에 만장 같은 세월을 둔 청년이! 책에서 얻는 건 그저 젠체하는 태도뿐이야! 사실 넌 전혀 아프지 않잖아!

타이런 메리! 입 좀 다물어!

메리 (즉시 초연한 어조로 바뀌면서) 하지만 여보, 에드먼드가 아무것도 아닌 일에 그렇게 우울해하고 소동을 피우는 건 말도 안 돼요. (에드먼드를 향해 몸을 돌리지만 시선을 피하며 놀리듯 애정을 표현한다) 신경 쓰지 마라, 애야. 난 네 편이야. (아들에게 다가간다) 넌 사랑을 독차지하면서 응석을 부리려고 하는 거지? 공연히 소동을 피우고 싶어 하는 거지? 넌 아직 아기야. (에드먼드에게 팔을 두르고 포옹한다. 에드먼드는 뻣뻣하게 굳은 채 안기려 하지 않는다. 메리의 목소리가 떨리기 시작한다) 하지만 너무 심하게 하지는 마라, 애야. 무서운 소릴랑 하지 마. 그 말을 심각하게 받아들이는 나 자신이 바보 같지만 어쩔 수가 없단다. 넌 나를…… 너무 겁나게 하거든. (목소리가 갈라지더니 얼굴을 아들의 어깨에 파묻고 흐느낀다. 에드먼드는 자기도 모르게 뭉클해져 어색하게 엄마의 어깨를 두드린다)

에드먼드 울지 마세요, 엄마. (아들과 아버지의 눈이 마주친다)

타이런 (절망적으로 희망을 붙잡으며 쉰 목소리로) 네가 아까 너희 엄마에게 하겠다던 말을 지금 해보면, 어쩌면……. (시계를 보며 허둥댄다) 맙소사, 시간 좀 보게! 서둘러야겠네. (황급히 응접실로 나간다. 메리가 고개를 든다. 어머니다운 자상함은 여전하지만 어느새 다시 거리가 생겼다. 눈가가 젖었지만 정작 자신은 울었다는 사실도 잊어버린 듯 보인다)

메리 기분이 어떠니, 애야? (이마를 짚어 본다) 머리가 약간 따끈하구나. 햇볕 아래 나가 있었던 탓일 거야. 아침보다는 훨씬 더 나아 보이는구나. (아들의 손을 잡으며) 이리 와 앉으렴. 너무 서 있으면 안 돼. 힘을 잘 아껴 쓰는 법을 배워야 해. (아들을 앉게 한다. 자신은 의자 팔걸이에 비스듬히 앉고 팔을 아들의 어깨에 둘러서 눈을 마주치지 않도록 한다)

에드먼드 (희망이 없다고 생각하면서도 호소하려 한다) 엄마 내 얘기 좀 들어—

메리 (재빨리 말을 낚아채며) 자, 자! 말하지 마. 기대어 쉬어라. (설득하듯) 있잖니, 오후에는 집에 있는 게 훨씬 나을 것 같구나. 오늘처럼 뜨거운 날 낡고 더러운 전차를 타고 시내까지 간다는 건 정말 피곤한 일이란다. 나와 함께 여기 있는 게 훨씬 좋겠어.

에드먼드 (멍하니) 하디 선생님과 약속이 있는데 잊으셨군요. (다시 호소해 본다) 엄마, 있잖아요—

메리 (재빨리) 전화해서 몸이 별로 안 좋다고 하면 되지. (상기되어) 하디를 만나는 건 시간 낭비, 돈 낭비야. 거짓말만 할걸. 뭔가 심각한 문제가 있는 척할걸. 그게 자기 밥줄이니까. (차가운 비웃음을 터뜨린다) 멍청한 늙은이! 의학에 대해서 아는 거라곤 근엄한 얼굴로 의지력이 어떻다느니 설교하는 것뿐이지!

에드먼드 (엄마와 눈을 맞추려 애쓰며) 엄마! 제발 좀 들어 봐요! 부탁하고 싶은 게 있어요! 엄마……. 엄마는 이제 막 시작했을 뿐이잖아요. 그만둘 수 있어요. 의지가 있으니까요! 우리가 도와줄게요. 뭐라도 할게요!

엄마 제발요, 네?

메리 (말을 더듬으며 애원하듯) 제발 그만해……. 이해하지도 못하면서 말하지 말라고!

에드먼드 (멍하니) 알았어요, 그만하죠. 소용없을 줄 알았어요.

메리 (거부하듯 무표정하게) 네가 무슨 소릴 하는지 모르겠지만, 넌 결코 그런 얘기를 할 자격이 없어. 내가 요양원에서 돌아오자마자 넌 아프기 시작했지. 그곳 의사는 내게 집에서 아무것도 신경 쓰지 말고 안정을 취하라고 했는데, 난 오직 네 걱정만 했다고. (마음이 산란하여) 하지만 그건 변명이 안 되지! 설명하려는 것뿐이야, 변명이 아니야! (에드먼드를 껴안고 애원하듯) 약속해 줘, 애야. 내가 너를 변명 삼더라도 너는 믿지 않겠다고.

에드먼드 (냉혹하게) 달리 내가 뭔들 믿을 수 있겠어요?

메리 (천천히 자신의 팔을 거둔다. 다시 멀리 떨어져 있는 듯한 객관적인 태도로) 그래, 의심하지 않을 수 없겠지.

에드먼드 (부끄러워하면서도 여전히 냉혹하게) 뭘 바라는 건데요?

메리 아무것도. 난 너를 비난하지 않아. 네가 날 어떻게 믿겠니……. 나도 나를 못 믿는데. 난 지독한 거짓말쟁이가 되어 버렸어. 한때는 어떤 거짓말도 하지 않았는데. 하지만 이젠 거짓말을 해야 하고, 특히 나 자신에게 거짓말을 한단다. 하지만 나도 날 이해하지 못하는데 네가 어떻게 이해할 수 있겠니. 나도 어쩌다 이렇게 되었는지 도저히 알 수가 없단다. 단지 아주 예전의 어느 날 정신을 차려 보니, 내 영혼이 더 이상 내 것이 아니더라는 것뿐. (말을 멈추었다가 확신한다는 듯 목소리를 낮추고 묘한 어조로 속삭인다) 하지만 언젠가는 애야……. 다시 내 영혼을 찾고 말겠어……. 언젠가 네가 완전히 좋아져서 건강하고 행복하고 성공한 모습이 되면, 그러면 나도 더 이상 죄책감을 느낄 필요가 없겠지……. 언젠가는 성모 마리아께서도 나를 용서해 주시고 그분의 사랑에 대한 믿음을 돌려주실 거야. 수녀원에서는 믿음이 있었거든. 그러니 다시 기도할 수 있을 거야. 이 세상 어느 누구도 나를 믿어 주지 않아도 성모님은 나를 믿어 주실 거야. 그리고 난 성모님의 도움으로 쉽게 이겨 낼 수 있을 거야. 난 고통에 울부짖으면서도 자신감이 있기에 웃을 수 있을 거야. (에드먼드가 맥없이 조용히 있는 것을 보고 서글프게 덧붙인다) 물론 넌 그조차 믿을 수 없겠지만 말이야. (아들이 앉은 의자 팔걸이에서 일어나 등을 돌려 오른쪽 창문을 내다보고는 아무 일도 없었다는 듯) 생각해 보니 넌 시내에 나가는 편이 낫겠구나. 난 드라이브할 일이 있어. 약국에 가야 하거든. 나와 함께 거기 가고 싶지는 않겠지. 부끄러울 테니까.

에드먼드 (상심하여) 엄마! 안 돼요!

메리 넌 아버지가 주신 10달러를 제이미와 나누겠지. 언제나 서로 나누지? 사이좋은 친구들처럼 말이야. 흠, 제이미가 자기 몫으로 무얼 할지는 알아. 자기가 좋아하는 부류의 여자들과 어울려 어딘가에서 진탕 마시겠지. (아들을 향해 돌아서며 겁에 질린 듯 애원한다) 에드먼드! 너는 술 마시지 않겠다고 약속해! 위험하기 짝이 없는 짓이야! 하디가 네게 말한—

에드먼드 (쓰디쓰게) 하디는 멍청한 늙은이 아닌가요?

메리 (불쌍하게) 에드먼드! (제이미의 목소리가 복도 앞에서 들린다. 〈어이 꼬마, 나가자.〉 그러자 메리의 행동이 다시금 초연해진다) 가거라, 에드먼드. 제이미가 기다리는구나. (응접실 쪽으로 간다) 아버지도 내려오시는구나. (타이런의 목소리, 〈가자 에드먼드.〉)

메리 (덤덤한 표정으로 입 맞추며) 잘 다녀와라, 애야. 저녁 먹으러 올 거면 늦지 마라. 아버지께도 그렇게 말씀드리고. 브리짓 성질 알지? (에드먼드가 몸을 돌려 황급히 나간다. 타이런이 복도에서 소리친다. 〈다녀올게, 여보.〉 그리고 제이미, 〈다녀올게요, 엄마.〉 메리가 대답한다) 안녕. (현관의 방충 문이 닫히는 소리. 메리가 탁자 옆에 와서 선다. 한 손은 탁자 위를 두드리고 다른 한 손은 머리카락을 더듬는다. 겁에 질린 듯, 버림받은 듯한 눈초리로 방을 둘러보고 혼자 조용히 중얼거린다) 여긴 정말 외로워. (쓸쓸한 자기모멸에 얼굴이 굳는다) 또 거짓말하고 있네. 다 보내 버리고 싶었으면서. 날 무시하고 싫어하는 저 얼굴들과 같이 있기 싫었으면서. 가 버려서 좋으면서. (절망적으로 짧게 웃는다) 성모님, 그런데 왜 이렇게 외롭죠?

막이 내린다

제3막

같은 곳, 오후 6시 30분쯤. 안개 때문에 거실에는 일찌감치 땅거미가 지고 있다. 해협으로부터 몰려온 안개는 창밖에 쳐놓은 하얀 커튼처럼 보인다. 항구 어귀 너머에 있는 등대에서 안개 경보가 일정한 간격으로 울리는데, 마치 해산의 고통을 겪는 고래가 앓는 소리를 내지르는 것 같다. 항구에 정박한 요트에서도 단속적으로 경종을 울려 댄다.

위스키 병과 술잔과 얼음물이 쟁반에 담긴 채 탁자 위에 놓여 있다. 마치 점심 식사 직전의 장면과 흡사하다.

메리와 하녀 캐슬린이 있다. 캐슬린은 탁자 왼편에 서 있다. 빈 위스키 잔을 들고 있는데 자신이 그것을 들고 있다는 사실을 잊어버린 것처럼 보인다. 술 마신 티가 난다. 멍청하고 사람 좋은 얼굴에는 기분 좋게 들뜬 선웃음이 어려 있다.

메리는 더욱 창백해지고, 눈은 부자연스럽게 반짝인다. 묘하게 초연한 태도는 더욱 심해졌다. 자기 속으로 더욱 깊숙이 숨어들어 꿈속에서 은신처와 위안을 발견한 것이다. 그곳에서 현실이란 아무 느낌 없이 받아들이거나 지워 버릴 수 있는, 혹은 완전히 무시할 수 있는 겉모습에 지나지 않는다. 매정한 냉소주의조차 마찬가지다. 때때로 기괴할 정도로 유쾌하고 방종한 청춘의 기운이 행동으로 나타나기도 하는데, 마치 정신적인 해방으로 자의식이 사라져 다시 순진하고 행복하게 재잘거리는 수녀원생 소녀가 된 것 같다. 시내에 나가느라 입었던 옷을 그대로 입고 있는데 단순하면서도 상당히 귀티 나는 옷이라, 메리의 태도가 부주의하고 단정치 못하지만 않았다면 썩 잘 어울렸을 것 같다. 머리카락은 이제 꼼꼼하게 다듬어져 있지 않다. 살짝 헝클어지고 한쪽으로 기울었다. 캐슬린과 흉허물 없는 오랜 친구인 양 친근한 태도로 이야기를 나누고 있다. 막이 오르면 메리는 밖을 내다보며 방충 문 옆에 서 있다. 안개 경보의 앓는 소리가 들린다.

메리 (재미있다는 듯 소녀처럼) 안개 경보야! 소리도 참 끔찍하지 않니, 캐슬린?

캐슬린 (평소보다 더 격의 없이 말하지만, 정말로 안주인을 좋아하는 것이지 일부러 버릇없이 구는 것은 아니다) 정말 그래요, 마님. 꼭 귀신 곡소리 같아요.

메리 (마치 못 들은 것처럼 계속 얘기한다. 이어지는 대화를 들으면 메리는 단지 이야기하기 위한 구실로 캐슬린을 붙잡고 있는 듯하다) 오늘 밤엔 상관없어. 지난밤에는 미칠 것 같았지. 계속 걱정을 하면서 뜬눈으로 누워 있다 보니 더 이상 참을 수가 없더구나.

캐슬린 젠장, 시내에서 돌아오는 길엔 죽는 줄 알았어요. 저 추잡한 스마이드란 놈이 우리를 진창에 처박거나 나무에 박아 버리는 줄 알았다니까요. 안개 때문에 바로 눈앞의 것도 안 보이던 걸요. 마님과 함께 뒷좌석에 앉게 되어 다행이었답니다. 그 추잡한 녀석과 같이 앞자리에 앉았더라면……. 그놈은 그 더러운 손을 한시도 가만히 두지 않거든요. 조금만 방심해도 다리를 꼬집고 거기를 더듬고 한다니까요. 죄송해요, 마님. 하지만 진짜예요.

메리 (꿈꾸듯) 난 안개가 싫은 게 아니야, 캐슬린. 난 정말 안개를 좋아해.

캐슬린 안개가 피부에 좋다고들 하데요.

메리 우리를 세상으로부터 숨겨 주고 세상을 우리로부터 사라지게 하지. 모든 것이 바뀌고 보이는 그대로인 건 아무것도 없어. 아무도 나를 찾거나 만질 수 없게 되지.

캐슬린 스마이드가 다른 운전사들처럼 세련되고 잘생겼다면 말도 안 해요. 저, 제 말은 그냥 재미로야 괜찮다는 거죠. 난 조신한 처녀니까. 하지만 스마이드처럼 쭈그러진 원숭이 놈이라니……! 전 스마이드에게 말해 줬죠. 〈난 정숙한 여자라 너 같은 작자는 금방 알아볼 수 있어. 경고를 했으니 제대로 걸리기만 해봐, 한 방 먹여서 일주일간 기절을 시켜 놓을 테니. 그럼, 그렇고말고!〉

메리 난 안개 경보 소리가 싫은 거야. 사람을 혼자 두지를 않아. 자꾸 기억나게 하고 경고하고 불러들이지. (묘한 미소를 띠우며) 하지만 오늘 밤은 그렇게 할 수 없을걸. 그저 듣기 싫은 소리일 뿐, 아무것도 기억나게 하지 못해. (놀리는 듯 소녀 같은 웃음을 짓는다) 타이런 나리의 코골이를 생각나게 할 수는 있겠지. 그이의 코골이를 놀리는 건 언제나 재미있어. 그이는 원래 코를 잘 골지. 특히 술을 너무 많이 마셨을 때. 하지만 아이 같아서 그걸 인정하기 싫어해. (웃으며 탁자 쪽으로 온다) 나도 가끔 코를 골겠지만, 그걸 인정하긴 싫어. 그러니 그이를 놀릴 자격은 없는 거지, 안 그래? (탁자 오른편 흔들의자에 앉는다)

캐슬린 그럼요, 건강한 사람은 다 코를 골아요. 건강하다는 증거라고들 하지요. (그러다가 걱정스러운 듯) 몇 시인가요, 마님? 부엌으로 돌아가야 해서요. 습기 때문에 류머티즘이 악화되면 브리짓은 미친 악마처럼 날뛴답니다. 제 머리통을 물어뜯으려고 들 거예요.

(술잔을 탁자 위에 놓고는 뒤쪽 복도로 가려고 한다)

메리 (불현듯 두려워져서) 안 돼, 가지 마, 캐슬린. 아직은 혼자 있고 싶지 않아.

캐슬린 잠깐이면 될 거예요. 주인님과 도련님들이 곧 오시잖아요.

메리 그이들이 저녁때까지 올까 싶어. 집처럼 아늑한 술집에서 머무를 좋은 구실이 생겼잖아. (캐슬린이 어리둥절해서 멍하니 그녀를 주시한다. 메리가 미소 지으며 계속한다) 브리짓 걱정은 하지 마. 나와 함께 있었다고 얘기해 줄게. 그리고 갈 때 위스키를 한 잔 가득 따라 가렴. 그러면 될 거야.

캐슬린 (씩 웃고는 다시금 마음이 가벼워져서) 그럼요, 마님. 브리짓을 기쁘게 해줄 수 있는 물건이네요. 술을 좋아하니까요.

메리 원한다면 너도 한 잔 더 해, 캐슬린.

캐슬린 그래도 되는지 모르겠네요, 마님. 이미 꽤 얼큰한 걸요. (술병에 손을 뻗는다) 뭐, 한 잔 정도야 괜찮겠죠. (한 잔 따른다) 마님의 건강을 위하여. (얼음물 따위는 신경 쓰지 않고 그냥 마신다)

메리 (꿈을 꾸듯) 한때 난 정말 건강했어, 캐슬린. 하지만 정말 옛날 얘기지.

캐슬린 (다시 걱정이 되어) 주인님이 보시면 술이 줄어든 걸 아실 텐데요. 그런 건 독수리처럼 날카롭게 알아보시던데.

메리 (재미있다는 듯) 아, 제이미의 속임수를 쓰면 돼. 물을 몇 잔 타 넣어.

캐슬린 (실실 웃으며 그렇게 한다) 아이고 맙소사, 반은 물이에요. 맛으로도 알겠어.

메리 (무심하게) 아니, 귀가할 때쯤엔 너무 취해서 차이를 모를 거야. 슬픔을 달래야 한다는 좋은 핑계 거리가 있으니까.

캐슬린 (철학적으로) 아아, 훌륭한 분의 결점이지요. 그래도 나는 술 못 먹는 사람은 거들떠보고 싶지도 않던데. 그런 사람들은 술이 기운이 고양시킨다는 걸 몰라. (이어 어리둥절해서 멍청하게) 훌륭한 핑계 거리? 에드먼드 도련님 얘기를 하시는 거예요, 마님? 주인님이 걱정하시는 것 같던데.

메리 (방어적으로 몸이 굳는다. 하지만 반응은 묘하게 기계적이고 진짜 감정에는 도달하지 못하는 것처럼 보인다) 바보 같은 소리. 캐슬린, 그이가 왜 걱정을 하겠어? 고뿔 정도는 아무것도 아니야. 타이런 나리는 돈과 땅 생각, 그리고 가난으로 죽을까 봐 걱정하는 것 외엔 다른 문제가 없는 분이거든. 깊이 걱정을 안 한단 말이지. 그것 말고 다른 것에 대해서는 제대로 이해를 못하시거든. (재미있다는 듯 짧고 정답게 웃지만 아득히 먼 곳에 있는 사람 같다) 남편은 정말 특이한 양반이란다, 캐슬린.

캐슬린 (어딘지 모르게 불만스러운 태도로) 저, 주인님은 여전히 세련되고 멋지고 친절한 신사분이시잖아요, 마님. 약점이 있어도 괘념치 마셔요.

메리 아, 괘념치 않아. 나는 지난 36년간 그이를 지극히 사랑해 왔어. 그건 그가 기본적으로 좋은 사람이고, 그 자신도 어쩔 수 없는 그 모습을 내가 다 이해한다는 뜻이지, 안 그래?

캐슬린 (잘 모르지만 안심이 되어) 그럼요, 마님. 듬뿍 사랑해 주세요. 주인님은 마님이 밟고 선 땅까지도 숭배하시거든요. 누구든 알 수 있을 정도지요. (마지막 잔의 취기를 누르며 말짱하게 대화를 이어 나가려 애쓴다) 배우 말인데요, 마님, 마님은 왜 한 번도 무대에 서지 않으셨나요?

메리 (기분 나쁘다는 듯) 나? 무슨 그런 말도 안 되는 생각을 해? 난 점잖은 가정에서 자랐고, 중서부 최고의 수녀원에서 교육받았어. 타이런 씨를 만나기 전에는 극장이 뭔지도 몰랐지. 나는 매우 신앙심 깊은 아가씨였어. 수녀가 되기를 꿈꾸기도 했다니까. 여배우가 된다는 생각은 꿈에도 해본 적이 없지.

캐슬린 (직설적으로) 글쎄요, 마님이 수녀님이 된다니, 상상도 안 되는 걸요. 교회 문간에도 안 가시면서 뭘요.

메리 (무시하고) 극장에서는 도통 편하지가 않았어. 타이런 씨가 순회공연 때마다 나를 동행하고 다녔지만 난 단원들이나 무대 관련 사람들과 도통 어울릴 수 없었어. 그이들과 무슨 문제가 있어서가 아니야. 언제나 내게 잘해 주었고 나도 그이들에게 잘해 주었지. 하지만 그들과는 편하지가 않았어. 그들의 생활은 나와 너무 달라. 나와 그이들 사이에는……. (불쑥 몸을 일으킨다) 하지만 이제 와서 지나간 일을 이야기해 봐야 뭐하겠니. (현관 앞으로 가서 바깥을 내다본다) 안개 짙은 것 좀 봐. 길도 안 보여. 세상 사람들이 다 지나가도 모르겠네. 언제나 그랬으면 좋으련만. 벌써 어두워지네. 곧 밤이 되겠군. 다행이야. (돌아서며 모호하게) 오늘 오후 말벗이 돼줘서 고마워, 캐슬린. 나 혼자 시내에 나갔더라면 쓸쓸했을 거야.

캐슬린 뭘요, 여기 앉아 브리짓의 있지도 않은 대단한 친척 이야기를 듣느니 멋진 자동차를 타고 나가는 게 훨씬 낫지요. 제게는 휴가나 마찬가지였어요, 마님. (멈칫하다가 멍청하게) 그런데 맘에 안 드는 일이 하나 있었어요.

메리 (멍하니) 뭔데, 캐슬린?

캐슬린 제가 마님 처방전을 가지고 갔더니 약국의 남자가 기분 나쁘게 굴더라고요. (분노하여) 건방진 놈!

메리 (계속해서 무표정으로) 무슨 말이니? 무슨 약국? 무슨 처방전? (그러다가 캐슬린이 놀라서 멍청히 바라

보자 황급히) 아, 그렇지, 내 정신 좀 보게. 류머티즘 치료제. 그 남자가 뭐라고 했는데? (다시 무심하게) 처방전대로 주었으면 별 상관 없지만.

캐슬린 하지만 제겐 상관있었어요! 도둑놈 취급을 받았다고요. 저를 빤히 쳐다보더니 모욕적으로 묻더군요. 〈이거 어디서 난 거지?〉 전 말했죠. 〈댁이 상관할 일이 아니잖아요? 하지만 꼭 알아야겠다면 얘기하죠. 내가 모시는 타이런 마님 거예요. 저기 자동차 안에 계시죠.〉 그랬더니 재빨리 입을 닫아 버리더군요. 마님을 한번 내다보더니 〈아!〉 하고선 약을 가지러 들어가데요.

메리 (멍하니) 으응, 그 사람은 나를 알지. (탁자 오른편 뒤에 있는 안락의자에 앉는다. 차분하고 초연한 목소리로) 다른 어떤 것으로도 그 고통을, 그 모든 고통을 달랠 수가 없어서 약을 먹지 않을 수 없단다. 내 손의 고통 말이야. (손을 들어 올려 애달프게 바라본다. 지금은 경련 증상이 없다) 불쌍한 내 손! 믿기지 않겠지만 한때 손은 긴 머리와 눈과 함께 내 매력 포인트 중 하나였단다. 난 몸매도 예뻤어. (점점 더 멀어져 가는 사람처럼 꿈꾸는 듯한 어조로) 음악가다운 손이었지. 피아노를 좋아했거든. 수녀원에서 얼마나 열심히 음악 공부를 했는지⋯⋯. 정말 좋아하는 걸 하는 것도 공부라고 한다면 말이야. 엘리자베스 수녀님과 음악 선생님

두 분 다 지금까지 지도했던 어떤 학생보다 재능이 있다고 말씀하셨어. 우리 아버지는 특별 수업을 받도록 해주셨어. 나를 응석받이로 만들었지. 원하는 건 뭐든지 해주셨거든. 수녀원 학교를 졸업하면 유럽으로 유학도 보내 주려고 하셨지. 만약 타이런 씨와 사랑에 빠지지 않았더라면 난 아마 갔을 거야. 아니면 수녀가 되었을지도 모르고. 나에겐 두 가지 꿈이 있었어. 수녀가 되는 게 더 큰 꿈이었지. 피아니스트가 되어 콘서트를 여는 것이 또 다른 꿈이었고. (잠시 말을 멈추고 자신의 손을 뚫어져라 바라본다. 캐슬린은 얼근해져서 졸음이 오는 것을 뿌리치려고 눈을 깜빡인다) 요 몇 년간은 도통 피아노 근처에도 안 가봤구나. 치고 싶어도 이렇게 울퉁불퉁한 손가락으로는 안 되겠지. 결혼한 후에도 얼마간은 음악 공부를 계속하려고 했어. 가망 없는 일이었지만. 싸구려 호텔에 더러운 기차간, 아이들은 내버려 두고 집이 없는 상태로……. (정나미 떨어진다는 듯 손을 바라본다) 이것 봐, 캐슬린. 얼마나 흉한지! 엉망으로 일그러졌어! 무슨 끔찍한 사고라도 겪은 손가락 같지 않아? (작고 묘한 웃음소리를 낸다) 생각해 보니 그런 셈이네. (갑자기 손을 등 뒤로 찔러 넣는다) 보지 않을 테야. 자꾸 옛날 일을 생각하게 하니까. 안개 경보보다 더……. (그러다 자신감에 차서 도전하듯) 하지만 이젠 그런 것들도 나를 건드릴 수는 없지. (손을 등 뒤에서 꺼내어 일부러 유심히 바라보고는 차분하게 말한다) 멀리 있어. 보고 있지만 고통은 사라지고 없어.

캐슬린 (어리둥절해서 멍청하게) 약을 드신 거예요? 마님 행동이 이상해요. 마님을 잘 모르는 사람은 술 드셨다고 생각하겠어요.

메리 (꿈꾸듯) 고통을 없애 주지. 뒤로 뒤로 가다가 마침내는 닿을 수 없을 정도로 멀리 가는 거야. 행복했던 과거만이 진짜야. (잠시 멈춘다. 자신의 말이 마치 행복을 불러내는 주술인 양 태도와 안색이 바뀌어 더 젊어 보인다. 순진무구한 수녀원생 같은 분위기로 수줍게 미소 짓는다) 지금의 타이런 나리가 멋있게 보인다고, 캐슬린? 내가 그이를 처음 만났을 때 어땠는지 봤어야 해. 그이는 우리 나라에서 가장 잘생긴 사람으로 유명했어. 그이의 연기나 사진을 본 수녀원 소녀들은 열광했지. 당시 연극계의 유명한 우상이었거든. 여자들은 단지 그를 보기 위해 극장 문에서 줄을 서서 기다리곤 했어. 우리 아버지가 제임스 타이런을 알게 되었다고 편지에 썼을 때 난 얼마나 기뻤는지! 부활절 휴가 때 집에 오면 그이를 만날 수 있다는 거야! 난 그 편지를 친구들에게 보여 줬어. 다들 부러워서 난리였지! 아버진 나를 그이 공연에 먼저 데려갔어. 프랑스 혁명에 관한 내용이었는데 어떤 귀족이 주인공이었지. 난 눈을 뗄 수가 없었어. 그이가 감옥에 갇히는 장면에서는 울고 말았지. 눈과 코가 빨개졌을까 봐 얼마나 속상하던지! 연극이 끝나고 아버지가 무대 뒤 대기실로 가자고 하셔서 같이 갔어. (흥분한 듯 수줍게 웃음을 터뜨린다) 난 너무 수줍어서 바보처럼 말을 더듬고 볼을 붉혔어. 하지만 그이는 나를 바보라고 생각하지 않았어. 우리가 처음 만난 그날부터 그이는 날 좋아했지. (애교 있게) 눈이랑 코가 빨갛게 되진 않았었나 봐. 당시 난 정말 예뻤어, 캐슬린. 그리고 그이는 내가 꿈꾸어 왔던 그 누구보다 멋졌어. 분장을 하고 귀족 의상을 입으면 너무나 잘 어울렸지. 보통 사람들과 달랐어. 마치 다른 세상에서 온 사람 같았거든. 그러면서도 단순하고 친절했고, 잘난 체하거나 거드름을 피우거나 허영 부리지 않았어. 바로 사랑에 빠졌지. 자기도 그랬다고 그이가 나중에 말해 주었어. 나는 수녀고 피아니스트고 다 잊어버렸지 뭐야. 내가 원하는 건 그이의 부인이 되는 거였어. (잠시 말을 멈추고, 부자연스러울 정도로 밝고 꿈꾸는 듯한 눈으로 앞을 응시한다. 황홀한 듯 부드럽고 소녀 같은 미소가 떠오른다) 36년 전 일이야. 하지만 바로 오늘 밤 일처럼 선명하구나. 그 이후로 우리는 쭉 사랑했어. 지난 36년간 그이는 스캔들 비슷한 일도 만들지 않았지. 다른 여자들과 말이야. 나를 만나고 난 후에는 없었어. 그래서 난 정말 기뻐, 캐슬린. 그것으로 다른 많은 것들을 용서할 수 있단다.

캐슬린 (얼근하게 취해 졸음을 쫓으며 감상적으로) 나리는 멋진 신사이시고 마님은 운 좋은 분이시네요. (곧 꼼지락거리며) 마님, 브리짓에게 술을 가져다줄까요? 저녁 식사 시간이 거의 다 되어서 저는 부엌일을 도와주러 가야 할 것 같아요. 분통을 삭힐 걸 가져다주지 않으면 브리짓이 부지깽이를 들고 제게 덤벼들 거예요.

메리 (현실로 돌아오는 것이 아쉬운 듯 흐릿하게) 그래그래, 가거라. 이젠 없어도 돼.

캐슬린 (안도하며) 물러갈게요, 마님. (한 잔 가득 따라 뒤쪽 복도로 가기 시작한다) 곧 누군가 오실 거예요. 주인님이나 도련님이나…….

메리 (안절부절) 아니, 아니야, 오지 않을 거야. 브리짓에게 기다릴 필요 없다고 전해 줘. 정확히 6시 30분에 상을 차리면 돼. 난 배는 안 고프지만 식탁에 앉을 테니, 그걸로 저녁을 끝내도록 하자.

캐슬린 마님, 무언가 드셔야 해요. 식욕을 앗아 가다니 이상한 약일세.

메리 (다시 꿈속으로 빨려 들어가며 기계적으로 반응한다) 무슨 약? 무슨 소리를 하는지 모르겠구나. (물러가라는 듯) 브리짓에게 술을 가져다주도록 해.

캐슬린 예, 마님. (뒤쪽 복도로 물러난다. 메리는 식품 창고 문이 닫히는 소리가 들릴 때까지 기다린다. 그러고는 나른한 꿈속으로 들어가며 멍하니 앞을 바라본다. 팔은 의자 팔걸이에 힘없이 걸리고, 길고 뒤틀리고 울퉁불퉁하고 예민한 손가락과 손은 완전히 늘어진다. 방이 점점 어두워진다. 쥐 죽은 듯 조용한 순간. 그러다 바깥세상에서 안개 경보의 구슬픈 신음 소리가 들리고 뒤이어 경종이 울려 퍼진다. 경종은 항구에 정박한 배에서 나는 소리인데, 안개에 묻혀 먹먹하게 들린다. 메리의 얼굴엔 소리를 들었다는 기색이 전혀 없으나, 손이 움찔하고 손가락들은 저절로 공중에서 춤을 춘다. 마치 파리 한 마리가 마음속을 휘젓는 것처럼 메리는 얼굴을 찌푸리고 기계적으로 머리를 가로젓는다. 갑자기 모든 소녀다운 모습은 사라지고 인생의 쓴맛을 다 본 듯한 늙고 냉소적이고 서글픈 여인이 된다)

메리 (쓰디쓰게) 넌 감상적이기 짝이 없는 바보야. 낭만을 좇는 어수룩한 여학생과 인기 배우의 첫 만남에 뭐 그리 굉장한 게 있었겠어? 그이의 존재를 알기 전이 훨씬 더 행복했어. 성모 마리아께 기도하던 수녀원생 시절이 말이야. (그리워하며) 잃어버린 믿음을 다시 찾을 수만 있다면, 그러면 다시 기도할 수 있으련만! (잠시 멈춘다. 곧이어 공허한 목소리로 맥없이 성모송을 읊조리기 시작한다) 〈은총이 가득하신 마리아님, 기뻐하소서! 주님께서 함께 계시니 여인 중에 복되시며, 태중의 아들 예수님 또한 복되시나이다.〉 (빈정대듯이) 거짓말이나 하는 마약쟁이가 지껄이는 말에 성모님께서 속아 넘어가시겠어? 성모님을 속일 수는 없지! (벌떡 일어난다. 손이 산만하게 머리칼을 다듬으며 퍼덕거린다) 위층에 가야겠어. 아직 충분치가 않아. 다시 시작하면 적당한 양을 가늠할 수가 없단 말이지. (응접실로 가려다가 문가에 멈추고 집 앞에서 나는 목소리를 듣는다. 죄책감에 화들짝 놀라는 모습) 아니, 벌써! (서둘러 다시 가서 앉는다. 완강하게 방어하는 태도로 굳어서 기분 나쁜 듯) 왜 오는 거야? 오고 싶지도 않으면서. 나도 혼자 있는 게 좋다고. (갑자기 태도가 싹 바뀐다. 보기 딱할 정도로 안도하며 열렬한 태도로) 아, 돌아와 줘서 너무 좋아! 정말로 끔찍하게 외로웠거든! (앞문 닫히는 소리가 들리고 복도에서 타이런이 불안하듯 부른다)

타이런 거기 있소, 여보? (복도의 불이 켜지고 응접실을 통해 빛이 메리에게까지 비친다)

메리 (의자에서 일어난다. 사랑스럽게 밝아진 얼굴로 상기되어 열심히 대답한다) 여기 있어요, 여보. 거실이에요. 기다리고 있었어요. (타이런이 응접실을 통해 들어온다. 에드먼드가 그 뒤에 있다. 타이런은 상당히 마셨지만 약간 번들거리는 눈빛과 조금 어눌해진 말투 외에는 취기가 거의 드러나지 않는다. 에드먼드도 상당히 마신 것 같지만 겉으로 드러나지는 않고, 단지 푹 꺼진 볼이 붉어지고 눈이 더 반짝거리면서 열에 들뜬 듯 보일 뿐이다. 둘은 문간에 서서 두려운 듯 메리를 쳐다보고는 최악의 예상이 맞아떨어졌음을 알아차린다. 하지만 메리는 그들이 보내는 비난의 눈초리를 의식하지 못하고 남편과 에드먼드에게 차례로 입 맞춘다. 그녀의 태도는 부자연스럽게 과장되어 있고, 그들은 위축되듯 순응한다. 메리가 흥분하여 이야기한다) 돌아와 줘서 정말 기뻐요. 희망을 포기하고 있었거든요. 다들 집에 안 올 줄 알았어요. 음울하고 안개 낀 저녁이잖아요. 시내 바에서는 친구들과 얘기하고 농담도 할 수 있으니 훨씬 더 즐겁겠지요. 아니, 아니라고 하지 말아요. 당신 기분을 잘 아니까요. 비난하려는 게 아니에요. 둘이 귀가해 줘서 고마운 거예요. 난 여기 너무 외롭고 우울하게 앉아 있었거든요. 와서 앉아요. (탁자의 왼편 끝에 앉는다. 에드먼드는 탁자 왼편, 타이런은 오른편의 흔들의자에 앉는다) 저녁이 금방 준비되지는 않을 거예요. 두 사람 다 약간 이르게 왔거든요. 놀랄 일의 연속이라니까. 여기 위스키가 있어요, 여보. 한 잔 따라 드릴까요? (대답을 기다리지 않고 술을 따른다) 에드먼드, 너도? 권하고 싶진 않다만 저녁 식사 전에 식욕을 돋우는 정도는 괜찮겠지. (아들에게 한 잔 따라 준다. 둘 다 술잔을 들 생각도 않는다. 메리는 마치 이들의 침묵을 모르는 양 계속 이야기한다) 제이미는 어디 있지? 아, 물론 제이미는 술값이 남아 있는 한 절대로 집에 들어오지 않지. (손을 뻗어 남편의 손을 꽉 잡고 슬프게) 제이미는 잃어버린 자식이 된 지 오래된 것 같아요, 여보. (얼굴이 굳는다) 하지만 제이미가 에드먼드까지 끌어들이는 걸 그냥 둬서는 안 돼요. 에드먼드가 언제나 아기처럼 귀염을 받으니 질투하는 거라고요. 유진을 질투했던 것처럼 말이죠. 그 애는 에드먼드가 자기처럼 형편없는 인생 실패자가 될 때까지 만족하지 않을 거예요.

에드먼드 (처량하게) 그만해요, 엄마.

타이런 (멍하니) 그래, 여보, 얘기 좀 줄이고……. (에드먼드에게, 약간 혀가 꼬여서) 하지만 엄마 말에도 일리는 있다. 〈너의 형제를 조심하라, 그렇지 않으면 그 저주받은 독사의 혀에서 독을 내뿜어 네 인생을 망쳐 놓을 것이니.〉

에드먼드 (이전과 같이) 아, 그만해요, 아버지.

메리 (아무것도 못 들은 것처럼) 지금의 제이미를 보면 그 아이가 한때 아기였다는 사실을 믿을 수가 없어요. 얼마나 건강하고 잘 웃는 아기였는지 기억해요, 여보? 하룻밤 공연과 더러운 기차와 삼류 호텔과 나쁜 음식에도 결코 그 아이는 투정을 하거나 아프지 않았어요. 항상 웃었지요. 운 적이 거의 없어요. 유진도 마찬가지였죠. 건강하고 잘 웃고. 내가 방심해서 그 아이를 죽게 놔두기까지 2년 동안 말이에요.

타이런 아, 제기랄! 집에 오다니 정말 난 바보야!

에드먼드 아버지! 그만해요!

메리 (에드먼드에게 초연하고도 부드러운 미소를 짓는다) 에드먼드야말로 까다로웠죠. 별것 아닌 일에도 체하거나 경기를 일으켰으니까요. (아들의 손을 두드리며 놀리듯) 다들 〈어머, 얘는 모자만 떨어져도 울겠네〉라고 했지.

에드먼드 (씁쓸함을 금할 수 없다) 웃지 않은 이유가 있었겠죠.

타이런 (훈계조이지만 딱하다는 듯) 자, 자, 얘야, 신경 쓰지 말고——

메리 (전혀 들리지 않는 듯 다시 슬프게) 제이미가 커서 집안의 말썽꾼이 되리라고 누가 생각했겠어요? 기억해요, 여보? 제이미가 기숙 학교에 가서 몇 년 동안은 엄청나게 뛰어난 성적을 받았잖아요. 선생들 모두 제이미는 머리가 좋고 정말 쉽게 배운다고 그랬죠. 술을 마시면서 퇴학당할 때까지도 선생들은 정말 유감이라고, 너무 괜찮은 아이고 똑똑한 학생이라고 써 보냈지요. 인생을 진지하게 생각하기만 한다면 굉장한 미래가 기다리고 있을 거라고 그랬어요. (멈추었다가 다시금 초연하면서도 묘하게 서글픈 목소리로) 참 안된 일이에요. 불쌍한 제이미! 이해하기 힘들지만── (불현듯 태도가 바뀐다. 굳은 얼굴에 비난하듯 적의를 담아 남편을 쏘아본다) 아니, 전혀 이해할 수 없는 것도 아니에요. 당신이 그 애를 술꾼으로 키웠지요. 눈 뜨면서부터 그 애는 당신이 술 마시는 걸 봤어요. 싸구려 호텔방 찬장에는 언제나 독한 술이 있었죠! 그 애가 어릴 때 악몽을 꾸거나 배 아파 하면 당신은 처방이랍시고 위스키를 한 숟가락 줘서 달랬지요.

타이런 (뜨끔하여) 그래, 그 게으른 녀석이 술주정뱅이가 된 게 내 탓이란 말이오? 이런 얘길 들으러 집에 왔다니! 진작 생각했어야 했는데! 당신은 독기를 품으면 자신을 제외한 모든 사람들을 비난하더군!

에드먼드 아버지! 나더러는 신경 쓰지 말라고 하셨잖아요. (원망하듯) 어쨌든 엄마 말은 사실이에요. 아버진 내게도 그랬으니까. 내가 가위눌려 잠에서 깨면 독한 술 한 숟가락을 먹였지요.

메리 (초연하게 옛 일을 상기하는 어조로) 그래, 넌 아이 때 항상 악몽을 꿨어. 너는 날 때부터 겁이 많았지. 왜냐하면 내가 너를 세상에 낳아 놓기 두려워했거든. (멈추었다가 다시금 똑같이 초연한 어조로) 너희 아버지를 비난하는 건 아니란다, 에드먼드. 너희 아버지는 뭘 몰라. 아버지는 열 살 이후 학교를 다닌 적이 없거든. 아버지네 가족은 가난에 찌든 일자무식 아일랜드인들이지. 그이들은 정말로 아프거나 놀란 아이에게는 위스키가 최고의 명약이라고 믿었을 거야. (타이런이 화를 내며 자기 가족을 변호하려는 순간 에드먼드가 제지한다)

에드먼드 (날카롭게) 아버지! (화제를 바꾸며) 이 술은 마실 거예요, 말 거예요?

타이런 (자신을 제어하며 멍하게) 맞아, 신경 쓰는 내가 바보지. (열의 없이 잔을 집어 든다) 쭉 마셔라, 애야. (에드먼드는 술을 마시고, 타이런은 손에 든 잔을 바라보고 있다. 에드먼드는 위스키가 엄청나게 희석되었다는 사실을 즉시 알아차린다. 그는 얼굴을 찡그리고 술병과 엄마를 번갈아 쳐다보며 뭔가를 말하려다가 멈춘다)

메리 (어조를 바꾸어 후회하듯) 내가 독설을 퍼부었다면 미안해요, 여보. 그러려던 게 아니었어요. 너무 먼 옛날 일인데. 하지만 당신이 집에 오는 게 아니었다고 말해서 좀 상처받았어요. 당신이 와서 난 너무 기쁘고 안심이 되고 감사했다고요. 밤은 오는데 이 안개 속에서 여기 혼자 있는 건 정말 울적하고 슬픈 일이거든요.

타이런 (뭉클해서) 당신이 정말 당신답게 행동한다면야, 난 집에 오는 것이 기쁘지, 여보.

메리 난 너무 외로워서 캐슬린을 붙잡아 두었어요. 단지 말을 걸 사람이 필요해서요. (다시 수줍은 수녀원생의 태도로 바뀌어 간다) 내가 무슨 얘기를 했는지 아세요, 여보? 아버지와 함께 대기실로 가서 당신을 처음

보고 사랑에 빠진 날 밤 얘기를 했어요. 기억하세요?

타이런 (깊이 감동하여 목소리가 잠긴 듯) 내가 그날을 어찌 잊겠소? (에드먼드는 슬픔과 민망함에 부모를 외면한다)

메리 (부드럽게) 그래요. 당신은 그 모든 것에도 불구하고 여전히 날 사랑하죠. 알아요, 여보.

타이런 (억지로 눈물을 참느라 얼굴이 씰룩거린다. 조용하지만 강렬하게) 그럼! 하느님이 아실 거요! 언제나 그리고 영원히, 여보!

메리 저 역시 그 모든 것에도 불구하고 당신을 사랑한답니다. (사이. 에드먼드가 민망한 듯 움직인다. 메리는 다시 묘하게 초연한 태도로, 감정을 싣지 않고 마치 멀리 보이는 사람들에 대해 이야기하듯 말한다) 하지만 여보, 비록 당신을 사랑하지 않을 수 없긴 하지만, 당신이 그렇게나 많이 마시는 줄 알았더라면 난 결코 결혼하지 않았을 거예요. 당신 술친구들이 당신을 호텔 방 앞까지 떠메고 와서 문을 두드리고는 내가 문을 열기도 전에 달아나 버린 그날 밤을 나는 잊지 못해요. 그때 아직 우리는 신혼이었는데, 기억해요?

타이런 (죄책감에 거세게) 기억 못 해! 그때는 신혼이 아니었어! 그리고 나는 방에 업혀 온 적이 평생 한 번도 없고 공연 시간에 늦은 적도 없어!

메리 (마치 남편이 아무 말도 하지 않은 것처럼) 난 그 더러운 호텔 방에서 몇 시간이고 기다렸지요. 그러면서 당신이 늦는 구실을 만들어 냈어요. 〈아마 극장 관련 사업 때문일 거야〉라고 혼잣말을 했지요. 난 극장에 대해 아는 게 정말 없었어요. 그러다가 겁에 질렸죠. 온갖 종류의 사건 사고들을 상상했어요. 난 무릎을 꿇고 당신에게 아무 일도 없기를 기도했어요……. 그러고 있는데 친구들이 당신을 떠메고 와서 문밖에 두고 갔지요. (조그맣게 슬픈 한숨을 짓는다) 이후로 그 같은 일들이 얼마나 자주 일어날지 난 몰랐어요. 더러운 호텔 방에서 얼마나 많이 기다려야 하는지. 나중엔 꽤 익숙해졌지요.

에드먼드 (증오의 눈빛으로 아버지를 비난하듯 쏘아보며 분을 터뜨린다) 맙소사! 그러니 당연하지……! (마음을 추스르고 퉁명스럽게) 저녁은 아직이에요, 엄마? 시간이 되었는데.

타이런 (숨기고 싶은 부끄러운 과거에 압도되어 있다가 손목을 더듬어 시계를 찾는다) 맞아, 시간 됐어. 어디 보자. (시계를 주시하지만 눈에 들어오지 않는다. 애원하듯이) 여보! 당신, 잊을 수 없—

메리 (초연하게, 딱하다는 듯) 잊을 수 없어요, 여보. 하지만 용서해요. 난 언제나 당신을 용서해요. 그러니 그렇게 죄지은 표정 하지 마세요. 너무 요란하게 옛일을 기억해서 미안해요. 난 슬퍼하고 싶은 것도 아니고, 당신을 슬프게 하려는 것도 아니에요. 단지 과거의 행복했던 일들을 기억하고 싶을 뿐이지요. (다시 수줍고 명랑한 수녀원생으로 돌아간다) 우리 결혼식 기억나요, 여보? 당신은 내 웨딩드레스가 어땠는지 완전히 잊어버렸을 거예요. 남자들은 그런 걸 기억 못 하죠. 별로 중요하다고 생각하지 않을 테니까요. 하지만 내겐 정말 중요한 거예요! 내가 얼마나 초조하게 걱정을 했는지! 난 너무 흥분되고 행복했어요! 우리 아버지는 원하는 건 뭐든 사줄 테니 돈 걱정일랑 말라고 하셨죠. 〈최고의 상품으로도 충분치 않아.〉 아버지는 그랬죠. 아버지는 나를 끔찍한 응석받이로 만드셨어요. 엄마는 안 그랬는데. 엄마는 신앙심이 깊고 엄격한 분이셨죠. 나를 약간 질투했던 것 같아요. 내 결혼을 달가워하지 않으셨거든요. 그것도 배우 남편이라니. 엄마는 내가 수녀가 되기를 원하셨던 것 같아요. 종종 아버지를 나무라곤 하셨죠. 〈당신은 내가 뭐라도 사려고 할 땐 돈 걱정일랑 말라는 말을 절대로 안 하죠! 당신은 저 아이를 너무 응석받이로 키웠어요. 남편이 누가 될지 걱정이랍니다. 남편에게 달이라도 따다 달라고 할 아이라니까. 절대로 좋은 아내가 되지 못해요.〉 하고 투덜대셨답니다. (정답게 웃음을 터뜨린다) 불쌍한 엄마! (어울리지 않는 애교를 부리며 타이런에게 미소 짓는다) 하지만 우리 엄마 얘긴 틀렸죠, 여보? 난 그렇게 나쁜 아내는 아니었어요, 그렇죠?

타이런 (목이 잠긴 듯, 억지로 미소를 띠며) 당신에 대해 불평할 수는 없지.

메리 (죄책감의 그림자가 희미하게 얼굴을 스친다) 최소한 난 당신을 정말 사랑했고, 할 수 있는 최선을 다했어요……. 그 상황에서도 말이죠. (그림자는 사라지고 다시 수줍은 소녀의 태도로 돌아간다) 그 웨딩드레스 때문에 나와 재봉사는 거의 죽을 뻔했답니다. (웃음을 터뜨린다) 난 굉장히 까다로웠거든요. 아무리 해도 성에 차지 않았어요. 마침내 재봉사는 더 이상 건드리면 망칠 뿐이라고 선언하더군요. 난 재봉사를 보낸 다음 혼자서 드레스를 입고 거울에 비춰 보았어요. 정말 기쁘고 우쭐했답니다. 혼잣말도 했어요. 〈내 코와 입과 귀가 좀 지나치게 크긴 해도, 눈과 긴 머리와 몸매와 손이 보완해 줄 거야. 난 그이가 만난 어떤 여배우보다 예뻐서 분칠할 필요도 없어.〉 (말을 멈추고 양미간을 모으며 기억해 내려고 애쓴다) 내 웨딩드레스가 어디 있지? 곱게 싸서 트렁크에 넣어 두었는데. 딸이 있었다면……. 그 애가 결혼할 때가 되어도 그보다 더 예쁜 드레스는 살 수 없을걸. 게다가 여보, 당신은 절대로 돈 걱정일랑 하지 말라고 할 사람이 아니니까요. 당신은 세일하는 물건으로 하나 골라 보라고 할 사람이죠. 내 드레스는 부드럽고 반짝이는 새틴에 멋진 빈티지 레이스로 장식되어 있었어요. 목과 소매에는 작은 러플 장식이 달려 있고, 뒤쪽은 여러 번 접히고 주름이 잡혀서 풍성해 보였죠. 웃옷은 심이 들어 꽉 조였어요. 입을 때는 숨을 들이쉬어서 허리를 최대한 잘록하게 보이도록 했죠. 아버지는 심지어 빈티지 레이스를 비단 구두에까지 수놓도록 하고, 면사포에도 오렌지 꽃처럼 레이스 수를 놓게 했어요. 아, 정말 아름다운 드레스였는데! 너무 예뻤어! 그게 어디 갔지? 외로울 때면 때때로 그걸 꺼내 보곤 했는데, 항상 눈물이 났죠. 그래서 아주 오래전에……. (양미간을 다시 모은다) 그걸 어디에 숨겼더라? 다락에 있는 낡은 트렁크에 넣어 두었나? 언제 한번 찾아봐야겠어. (말을 멈추고 눈앞을 주시한다. 타이런은 한숨을 쉬며 맥없이 고개를 가로젓고는 아들과 눈을 맞춰 동정을 사고자 하지만, 아들은 마룻바닥만 들여다보고 있다)

타이런 (애써 아무 일도 없었다는 듯) 저녁 식사 시간 아닌가, 여보? (장난치듯 말해 본다) 항상 늦는다고 날 구박하더니만, 오랜만에 제시간에 맞춰 오니까 이번엔 식사가 늦는구려. (메리는 듣고 있는 것 같지 않다. 타이런이 다시 활발하게 덧붙인다) 뭐, 먹을 수는 없지만 마실 수는 있으니까. 이게 있다는 걸 잊고 있었군. (술을 마신다. 에드먼드가 지켜본다. 타이런이 인상을 찡그리더니 날카로운 의심의 빛으로 아내를 쳐다보고는 거어. 손이 어쩌고 하는 대사를 읊기 시작할 때쯤이면 이미 우리들로부터 멀어진 거야.

메리 (남편을 향해 돌아서서 기묘한 승리의 표정으로 조롱하듯 미소 짓는다) 그걸 알아 다행이네요, 여보! 이제는 나를 일깨우려 애써 봐야 소용없다는 걸 다들 아시겠지! (불현듯 멀리 떨어져서 얘기하는 듯한 어조로) 왜 불을 켜지 않는 거죠, 여보? 어두워지잖아요. 당신은 전등을 쓰기 싫겠지만, 에드먼드가 전에 전구 하나쯤 켜놓아도 돈이 얼마 안 든다는 걸 증명해 보였잖아요. 빈민 구호소에 가는 것이 아무리 두렵다고 해도 그렇게 자린고비가 되면 곤란해요.

타이런 (기계적으로 반응한다) 난 전구 하나 켜놓는 게 돈이 많이 든다고 한 적이 한 번도 없소! 여기도 하나, 저기도 하나, 여럿을 켜놓고 있는 것이 전기 회사 배만 불리는 짓이라고 한 거지. (일어나서 거칠게 독서 등을 켠다) 하지만 당신에게 논리적으로 말해 봐야 무슨 소용이람. (에드먼드에게) 새 위스키 병을 가지고 오마, 얘야. 진짜 술을 마셔 보자꾸나. (뒤쪽 복도로 간다)

메리 (재미있다는 듯 초연하게) 그이는 바깥쪽으로 돌아서 몰래 식품 창고로 들어갈 거야. 그래야 하인들 눈에 안 띄지. 너희 아버지는 창고를 자물쇠로 굳게 잠가 위스키를 보관해 두고서는 부끄러워하지. 정말 이상한 양반이야, 에드먼드. 난 너희 아버지를 이해하는데 오랜 세월이 걸렸어. 너도 아버지를 이해하고 용서하기 위해 애써야 해. 아버지가 자린고비라 해도 멸시해서는 안 돼. 할아버지는 미국에 온 지 1년인가 되었을 때 할머니와 여섯이나 되는 자식들을 버리고 떠났어. 아일랜드를 못 잊은 데다, 곧 죽으리라는 예감에 사로잡혔는데 고향에 돌아가서 죽고 싶었다는 거야. 할아버지는 귀국해서 정말로 돌아가셨어. 할아버지도 정말 이상한 사람이었나 봐. 너희 아버지는 겨우 열 살밖에 안 되었을 때 공장에서 일을 해야만 했어.

에드먼드 (싫은 기색으로 멍하니) 아이고, 맙소사. 엄마, 아버지가 공장에서 일했다는 얘기는 천 번도 더 들은 것 같아요.

메리 그래, 애야, 정말 많이 들었겠지만 한 번도 이해하려 든 적은 없었겠지.

에드먼드 (못 들은 척 처량하게) 엄마, 들어 봐요! 아직 멀리 가지도 않았으면서 다 잊어버렸나 봐요. 오늘 오후 내게 무슨 일이 있었는지 물어보지도 않는군요. 아예 신경도 안 쓰이시나요?

메리 (고통스럽게) 그렇게 말하지 마! 마음을 아프게 하는구나, 너는!

에드먼드 난 심각한 병에 걸렸어요, 엄마. 하디 선생이 그러는데, 의심의 여지가 없대요.

메리 (딱딱하게 굳은 표정으로 나무라듯 완강하게 방어한

다) 거짓말쟁이 돌팔이 의사 같으니! 그 늙은이가 말을 꾸며 낼 거라고 내가 그랬잖니!

에드먼드 (처량할 정도로 끈질기게) 나를 검사하기 위해 전문의까지 불러왔어요. 1백 퍼센트 확신한대요.

메리 (못 들은 척) 하디 얘기는 내 앞에서 꺼내지도 마라! 요양원 의사는 뭘 좀 아는 사람이었는데, 그 양반 말을 들으니 내가 얼마나 치료를 제대로 못 받았는지 알겠더라! 하디 같은 사람은 감옥에 가야 한대! 내가 미치지 않고 견딘 게 신기할 정도라는구나! 〈한때 거의 미쳤었어요〉라고 말해 주었지. 잠옷만 입고 항구에 빠져 죽겠다고 난리를 피웠을 때……. 기억하지 얘야? 그런데도 하디가 한 말을 들으라니. 말도 안 돼!

에드먼드 (씁쓸하게) 그럼요, 기억하죠. 그 일이 일어난 후 아버지와 형은 더 이상 내게 비밀을 지킬 수 없다는 결정을 내렸죠. 형이 내게 말해 주었어요. 난 거짓말이라고 했어요! 형을 한 방 먹이려고 했죠! 거짓말이 아니란 건 알고 있었지만요. (목소리가 떨리고 눈물이 그렁그렁 고인다) 젠장, 덕분에 인생 만사가 다 엿같아지고 말았어요!

메리 (처량하게) 오, 그러지 마라, 얘야! 너 정말 내 가슴을 미어지게 만드는구나!

에드먼드 (멍하니) 미안해요, 엄마. 하지만 얘기를 꺼낸 사람은 엄마예요. (씁쓸하지만 끈질기고 고집스럽게)

들어 봐요, 엄마. 엄마가 듣고 싶어 하든 말든 얘기해 야겠어요. 난 요양원에 가게 되었어요.

메리 (마치 자신과는 아무 상관도 없는 일이 일어난 것처럼 멍청하게) 가버린다고? (맹렬하게) 안 돼! 그렇게는 안 되지! 나한테 물어보지도 않고 하다가 그런 일을 지시했다는 말이니? 너희 아버지는 어떻게 그런 일을 가만히 두고 본단 말이냐? 무슨 권리로! 넌 내 아들이야! 자기는 제이미나 신경 쓰라고 해! (점점 더 흥분해서 격렬하게) 그이가 왜 너를 요양원에 보내려고 하는지 난 알아. 나에게서 너를 빼앗아 버리기 위해서지! 그이는 내 아이들 모두를 질투했어. 어떻게든 나를 아이들로부터 떼어 놓으려고 했다고. 그래서 유진이 죽은 거야. 그이는 너를 가장 질투하고 있어. 내가 너를 가장 사랑한다는 걸 아니까—

에드먼드 (처량하게) 아, 말도 안 되는 소리 그만해요, 엄마! 아버지를 비난하는 소릴랑 그만하라고요. 게다가 내가 요양원에 가는 걸 왜 그리 반대하는 거예요? 그동안 그렇게 많이 떠돌아 다녔지만 엄마가 그렇게 상심하는 건 본 적이 없어요!

메리 (비통하게) 넌 그다지 예민하지 않은 모양이로구나. (슬프게) 네가 나에 대해서 알게 된 이후로……. 네가 나를 볼 수 없는 곳으로 가는 것이 난 차라리 기뻤다는 생각을 넌 못했구나.

에드먼드 (상심하여) 엄마! 제발! (무작정 팔을 뻗어 엄마의 손을 잡지만 즉시 손을 떨어뜨리고 비탄에 잠긴다) 온통 나를 사랑한다는 얘기뿐이면서……. 내 병 이야기만 하려고 하면 도대체 들을 생각도 안 하고…….

메리 (갑자기 초연해지면서 짓궂은 엄마처럼 행동한다) 자, 자, 이제 됐어! 무식한 하디의 거짓말일 뿐이니 더 이상 듣고 싶지 않아. (에드먼드는 다시 움츠러든다. 메리는 짐짓 놀리는 투로 얘기하지만 속에서는 점점 더 불만이 차오른다) 넌 정말 너희 아버지와 똑같구나, 얘야. 너도 아무것도 아닌 걸 거창하게 부풀려서 비극으로 만드는 걸 좋아해. (얕잡아 보는 듯한 웃음) 약간만 부추기면 그다음엔 죽을지도 모르겠다고 나오―

에드먼드 죽은 사람도 있어요. 외할아버지도―

메리 (날카롭게) 왜 그 이야기를 꺼내는 거냐? 너랑 비교할 일이 아니다. 외할아버지는 폐결핵이었어. (분노하여) 네가 우울하고 음산한 얘기를 할 때는 정말 싫더라! 외할아버지 이야기는 하지 마, 알겠어?

에드먼드 (굳은 얼굴로 음울하게) 알았어요, 엄마. 말 안 하는 게 훨씬 나았을걸! (의자에서 일어나 엄마를 비난하듯 바라보며 격렬하게) 엄마가 마약쟁이라는 사실이 가끔 견디기 힘들어요! (메리가 움찔한다. 얼굴에서 활기가 모두 빠져나가 석고상이 되어 버린 듯 보인다. 내뱉은 말을 주워 담고 싶어진 에드먼드는 불쌍하게 더듬거린다) 미안해요. 용서하세요, 엄마. 난 화가 나서 그랬어요. 속상한 말을 하셔서서요. (짧은 사이에 안개 경보와 배의 경종이 들린다)

메리 (자동 인형처럼 오른쪽 창문으로 서서히 다가간다. 바깥을 내다보며 무덤덤하고 아득한 목소리로) 저 끔찍한 안개 경보 좀 들어 봐. 게다가 경종까지. 안개는 왜 모든 걸 슬프고 외롭게 만들어 버리는 걸까?

에드먼드 (마음이 찢어진다) 나는…… 난 여기 더 못 있겠어. 저녁은 안 먹어도 돼요. (응접실을 통해 달아나듯 빠져나간다. 앞문이 닫히는 소리가 들릴 때까지 메리는 창문을 바라보고 있다. 그러고는 여전히 무표정한 얼굴로 돌아와서 의자에 앉는다)

메리 (모호하게) 위층에 올라가야겠어. 아직 충분치 않아. (잠시 멈추고 절실하게) 언젠가는 나도 모르게 치사량을 투여하고 말 거야. 내 정신으로는 못하겠지. 성모님이 결코 용서하시지 않을 테니까. (타이런이 뒤쪽 복도를 통해 들어오는 소리가 들린다. 막 마개를 딴 위스키 병을 들고 있다. 화가 나서 씨근덕거린다)

타이런 (분노하여) 자물쇠가 온통 긁혀 있어. 술주정뱅이 녀석이 철사로 자물통을 따려고 했군, 지난번처럼. (마치 이것이 자신과 아들의 끝없는 머리싸움인 양 적이 만족스럽게) 하지만 이번엔 내게 딱 걸렸지. 전문적인 도선생도 딸 수 없는 특별한 자물쇠거든. (쟁반에 병을 올려놓고 불현듯 에드먼드가 없다는 사실을 알아차린다) 에드먼드는 어디 있소?

메리 (모호하고 아득한 분위기) 나갔어요. 제이미를 찾으러 다시 시내 나갔는지도 몰라요. 아마 남아 있는 돈이 그 애 주머니에서 빠져나가려고 발버둥을 치나 보죠. 저녁은 안 먹겠대요. 요즘은 통 식욕이 없는 것 같더군요. (이윽고 고집스럽게) 하지만 여름 감기일 뿐이에요. (타이런이 메리를 응시하다가 무기력하게 고개를 젓고는 한 잔 가득 따라 마신다. 갑자기 메리가 견디지 못하고 울음을 터뜨린다) 아, 여보, 난 너무 무서워요! (일어나서 팔로 남편을 껴안고 얼굴을 그의 어깨에 묻는다. 흐느끼며) 그 아이는 죽을 거예요!

타이런 그런 말 하지 마! 그렇지 않소! 6개월이면 완치된다고 장담했다니까!

메리 그걸 믿어요? 당신이 연극하는 건 알아차릴 수 있어요! 다 내 책임이에요! 난 그 아이를 낳지 말았어야 했어요. 그 애 자신을 위해서도 그게 훨씬 나았겠죠. 그러면 마음이 상할 일도 없었을 텐데. 엄마가 마약쟁이라서……. 미워할 일도 없었을 텐데!

타이런 (떨리는 목소리로) 제발 메리, 조용히 해요! 그 아이는 당신을 사랑해. 당신이 알고 한 것도, 원해서 한 것도 아니라는 걸, 그저 그런 저주가 내렸을 뿐이라는 걸 그 아이도 알고 있다고. 그 아이는 엄마를 자랑스러워한다오! (식품 창고 문이 열리는 소리를 듣고 불쑥) 자, 조용! 캐슬린이 오는군. 우는 모습을 보이고 싶지는 않겠지. (메리가 재빨리 남편에게서 돌아서서 오른편 창문으로 가 눈을 닦는다. 잠시 후 캐슬린이 뒤쪽 복도에 나타난다. 걸음은 불분명하고, 얼근해진 얼굴로 실실 웃어 댄다)

캐슬린 (타이런을 보더니 깜짝 놀랐다가 예의를 갖추어) 저녁이 준비되었어요, 주인 나리. (필요 이상으로 목소리를 높이며) 저녁이 준비되었어요, 마님. (다시 예의는 잊고 타이런에게 사람 좋게 말을 붙인다) 아하, 오셨군요? 잘됐네, 잘됐어. 브리짓이 열통 터지겠군요. 나리가 안 오실 거라는 마님의 말씀을 전했는데 말이죠. (타이런의 눈에 어린 비난을 읽고) 그렇게 보지 마세요. 한 방울 마시긴 했지만 훔쳐 마신 건 아니거든요. 주시는 대로 먹었을 뿐이죠. (거드름을 피우며 몸을 돌려 뒤쪽 복도로 사라진다)

타이런 (한숨을 쉬다가 배우답게 쾌활함을 가장하여) 갑시다, 여보. 저녁을 먹어야지. 너무 배가 고파 소 한 마리라도 잡아먹겠어.

메리 (석고상 같은 얼굴로 남편에게 다가온다. 아득한 어조로) 미안해요. 저도 못 먹을 것 같아요, 여보. 손이 끔찍하게 아프네요. 침실에 가서 쉬는 게 좋을 것 같아요. 먼저 잘게요, 여보. (기계적으로 입을 맞추고 몸

을 돌려 응접실로 간다)

타이런 (냉혹하게) 약을 더 하러 가는 거잖아! 오늘 밤이 지나기도 전에 귀신 같은 몰골이 되겠군!

메리 (걸어 나가며 무표정하게) 무슨 말을 하는 건지 모르겠군요, 제임스. 당신은 과음만 하면 그렇게 잔인하게 말하더라고요. 제이미나 에드먼드하고 똑같아. (응접실을 통해 나간다. 제임스는 잠시 망연자실하게 서 있다. 슬프고 혼란스럽고 상심한 늙은이의 모습이다. 곧 식당을 향해 뒤쪽 복도로 힘없이 걸음을 옮긴다)

막이 내린다

제4막

같은 곳, 자정쯤이다. 현관의 전등은 꺼지고 빛은 이제 비쳐 들어오지 않는다. 거실에는 탁자 위의 독서 등 하나만 켜져 있다. 창문 바깥으로 안개의 벽이 그 어느 때보다 두텁게 보인다. 막이 오르면 안개 경보가 울리고 항구의 배들이 울리는 경종 소리가 이어진다.

타이런은 탁자에 앉아 있다. 코안경을 걸치고 혼자서 카드 게임을 하는 중이다. 겉옷 대신 낡은 갈색 가운을 입고 있다. 쟁반의 위스키 병은 4분의 3가량 비었지만 탁자 위에 새 위스키 병이 하나 더 있다. 창고에서 술을 가져오면서 여유분을 확보해 둔 것이다. 타이런은 취해서 생각에 잠긴 올빼미처럼 카드 한 장 한 장을 노려보고는 분명한 목적도 없이 카드를 놓는다. 그의 눈은 게슴츠레하고 번들거리며 입은 헤벌어졌다. 그러나 취기에도 불구하고 그는 3막 마지막에서와 같이, 여전히 슬프고 초라한 늙은이의 모습으로 희망 없는 체념에 사로잡혀 있다.

막이 오르면, 타이런은 게임을 끝내고 카드를 한데 모은다. 대충 카드를 섞다가 한두 장 바닥에 흘리기도 한다. 떨어진 카드들을 모아서 다시 힘겹게 패를 섞는데, 누군가 현관으로 들어오는 소리가 들린다. 타이런이 코안경을 통해 응접실 쪽을 노려본다.

타이런 (목소리가 탁하다) 누구냐? 에드먼드냐? (에드먼드가 〈예〉라고 짧게 대답한다. 이어서 어두운 현관에서 무언가에 걸려 넘어지고 욕을 하는 소리가 들린다. 잠시 후 현관의 전등이 켜진다. 타이런이 인상을 찡그리고 소리친다) 들어오기 전에 불 꺼라. (하지만 아들은 그렇게 하지 않고 그냥 응접실로 들어온다. 에드먼드 역시 취했으나 아버지처럼 별로 티가 나지 않아서, 시비조의 태도와 눈빛 외에는 겉으로 드러나는 것이 없다. 타이런은 처음에는 안도하는 태도로 따뜻하게 맞아 준다) 잘 왔다, 애야. 지독하게 쓸쓸하더구나. (하지만 곧 원망스럽게) 사정을 아는 놈이 내빼서 나를 밤새 여기에 혼자 두다니……. (매우 짜증 난다는 듯) 그 불 끄라고 했지! 무도회를 하는 줄 아니? 이 야심한 시각에 전등불이나 환히 밝혀 놓고 돈을 태울 이유가 없다.

에드먼드 (화가 나서) 전등불을 환하게 밝혀 놓았다고요? 전등 하나예요. 젠장, 어느 집에서든 잠들 때까지 현관에 전등 하나쯤은 밝혀 놓는다고요. (무릎을 문지른다) 모자걸이에 부딪쳐서 무릎이 다 깨지는 줄 알았잖아요.

타이런 여기 불이 현관까지 비치잖니. 취하지 않았으면 잘 보였을 거다.

에드먼드 취하지 않았으면? 아버지는 어떻고!

타이런 다른 사람들이 어떻게 하든 나는 상관 안 한다. 돈을 쓰고 싶어서 안달이 난 작자들은 그렇게들 하라고 해!

에드먼드 전등 하나라고요! 빌어먹을, 그렇게 궁상맞게 굴지 좀 말아요! 밤새도록 전등 하나 켜놓아 봐야 술 한 잔 값도 안 된다는 걸 계산해 보여 드렸잖아요!

타이런 계산 같은 소리 하지 마라! 증거는 내가 내는 전기 요금에 나타나니까!

에드먼드 (아버지 맞은편에 앉는다. 멸시하듯) 맞아요, 사실을 말해도 의미가 없죠. 아버지가 믿고 싶은 것만이 유일한 진실이죠! (조롱하듯) 예를 들자면 셰익스피어가 아일랜드인에다 가톨릭 신자라는 주장도 그렇고.

타이런 (완강하게) 그래, 맞아. 증거는 작품 속에 있어.

에드먼드 아니거든요. 증거라는 것도 아버지 눈에만 보일 뿐이에요! (야유하듯) 웰링턴 공작도 멋진 아일랜드인에다 가톨릭 신자였다, 이 말씀이시죠?

타이런 난 그이가 멋진 아일랜드인이라고 말한 적 없다. 배신자였지. 그래도 가톨릭이긴 했어.

에드먼드 글쎄, 아니라고요. 아버지는 그저 아일랜드계 가톨릭이 나폴레옹을 쳐부수었다는 사실을 믿고 싶을 뿐이라고요.

타이런 너와 말다툼하지 않겠다. 난 현관의 전등을 꺼달라고 부탁했을 뿐이야.

에드먼드 들었지만 저는 그대로 켜두겠다고요.

타이런 건방 좀 그만 떨어라! 말을 들을 거냐, 말 거냐?

에드먼드 안 들어요! 그렇게 자린고비 짓을 하고 싶으면 직접 끄세요!

타이런 (화가 나서 위협적으로) 잘 들어! 난 네 미친 짓을 꽤 많이 참고 견뎌 왔다. 네 정신이 정상이 아니라고 생각했으니까. 늘 용서해 주고 손찌검 한번 안 했다. 하지만 참는 데도 한계가 있는 법이야. 내 말대로 저 불을 끄지 않으면 아무리 네가 어른이라 해도 회초리질을 해서 가르쳐 주겠다! (불현듯 에드먼드의 병을 떠올리고는 곧 죄의식에 사로잡혀 무안해한다) 미안하다, 애야. 네 상태를 잊고 있었어……. 그러게 내 화를 돋우지 말았어야지.

에드먼드 (역시 무안해져서) 아녜요, 아버지. 저도 잘못했지요. 아무것도 아닌 일에 그렇게 심술을 부리다니,

좀 취했나 봐요. 저놈의 불을 끄고 오지요. (일어나려고 한다)

타이런 아니야, 그냥 있어라. 끄지 말고 내버려 두자. (불쑥 일어나서는 취기에 약간 비틀거리며 샹들리에에 붙은 세 개의 전구를 켜기 시작한다. 아이처럼 극적인 자기 연민에 가득 차서 씁쓸하게) 죄다 켜자! 켜두자꾸나! 빌어먹을! 이 길 끝에는 빈민 구호소가 기다리고 있겠지만, 까짓것 일찍 가나 좀 늦게 가나! (불 켜기를 멈춘다)

에드먼드 (새삼 재미있다는 듯 이 과정을 지켜보다가 씩 웃으며 정답게 놀린다) 멋진 대단원인데요. (소리 내어 웃는다) 멋져요, 아버지.

타이런 (수줍게 자리에 앉으며 청승맞게 불평한다) 그래, 늙은 광대를 실컷 비웃으렴! 불쌍한 늙다리 딴따라! 인생 마지막 장은 이러나저러나 빈민 구호소일 테고, 그건 결코 희극이 아니지만! (에드먼드가 여전히 히죽대고 있자 화제를 바꾼다) 자, 자, 말씨름은 그만하자꾸나. 넌 머리가 좋은 놈이지만 그 머리를 어떻게 썩힐지 고민하는 데만 최선을 다하지. 사는 동안 1달러의 가치를 깨달아 보렴. 넌 개망나니 같은 네 형과는 다르니까. 그 아이는 정신 차리기가 글러 먹은 놈이고. 그런데 그 녀석은 어디에 있냐?

에드먼드 제가 어떻게 알겠어요?

타이런 다시 시내로 나가서 만난 줄 알았는데.

에드먼드 아뇨, 전 바닷가에 나갔어요. 형은 오후에 보고서는 다시 못 보았는데.

타이런 으음, 만약 내가 준 돈을 얼간이처럼 형에게 나눠 주었다면—

에드먼드 당연하죠. 형 역시 뭐든 생기면 항상 나눠 주었는데.

타이런 그러면 색싯집에 가 있겠구나. 명약관화 불문가지.

에드먼드 그러면 왜요? 안 되나요?

타이런 (멸시하듯) 그러게, 안 될 것도 없지. 그 녀석에게 딱 어울리는 곳이니까. 그놈은 평생 술과 계집 말고 더 높은 꿈을 가져본 적이 없지.

에드먼드 아, 제발, 아버지! 또 그런 얘기만 할 거면 난 갈래요. (일어서려 한다)

타이런 (달래듯) 알았다, 알았어, 그만하마. 아이고, 나도 이런 얘기는 싫다. 한잔할래?

에드먼드 아, 이제 얘기가 되네요!

타이런 (병을 건네주며 기계적으로) 또 술을 먹이다니, 나도 미쳤지. 벌써 충분히 마셨구먼.

에드먼드 (한 잔 가득 따르며 약간 취한 듯) 충분히 마시는 것과 마음껏 마시는 건 다르죠.

타이런 네 몸 상태로 보아, 이미 너무 많이 마셨어.

에드먼드 제 몸 상태 얘길랑 관두시죠! (잔을 높이 든다) 건배.

타이런 쭉 들이켜. (둘 다 마신다) 바닷가까지 걸어서 다녀왔으면 푹 젖어서 으슬으슬하겠구나.

에드먼드 아, 들며 나며 술집에 들렀죠.

타이런 오래 산책하기엔 좋은 밤이 아니다.

에드먼드 난 안개가 좋아요. 내가 원하는 날씨죠. (얼근히 취한 듯 더 혀 꼬부라진 소리를 낸다)

타이런 좀 더 정신을 차리고 무모한 짓을 말아야—

에드먼드 정신 같은 건 지옥에나 가라지! 우린 모두 미쳤어요. 정신을 어디다 쓰게요? (냉소적인 어투로 다우슨의 시를 인용한다)

길지 않으리, 울음과 웃음,
사랑과 욕정과 증오는.
죽음의 문 지나고 나면
그것들, 우리에게 더는 없으리니.

길지 않으리, 술과 장미의 나날도.
어느 어렴풋한 꿈에서
우리의 길 잠시 나타났다가
이내 어느 꿈에서 닫히리니.

(앞을 응시한다) 난 안개 속에 있고 싶었어요. 길을 반쯤 내려가다 보면 이 집도 안 보여요. 여기 집이 있는지도 몰라요. 큰길 따라 있는 다른 집들도 마찬가지죠. 단지 몇 걸음 앞까지밖에는 안보이거든요. 한 사람도 못 봤어요. 모든 것이 비현실적으로 보이고 비현실적으로 들리죠. 아무것도 본래의 모습이 아니에요. 그게 내가 바라는 거예요……. 진실이 거짓이 되고 삶은 모습을 감춘, 그 세상에 혼자 있고 싶어요. 항구 저 너머, 바닷가를 따라 나 있는 그 길에서는 육지에 있다는 느낌도 사라졌어요. 안개와 바다가 서로 엉켜 있는 것처럼 보였죠. 바다 밑을 걷고 있는 것 같았어요. 오래전에 물에 빠져 죽은 것처럼. 나는 안개의 유령이고, 안개는 바다의 유령인 것처럼. 유령 속의 유령일 뿐이라는 사실이 정말 평화롭게 느껴졌어요. (아버지가 걱정과 짜증스러운 불만이 섞인 기색으로 그를 주시한다. 에드먼드가 짓궂게 미소 짓는다) 미친 것 아닌가 하는 표정으로 보지 마세요. 생각을 담아서 말하고 있는 거예요. 할 수만 있다면야, 누가 인생을 있는 그대로 보고 싶어 하겠어요? 인생은 고르곤[4] 셋을 합친 괴물이에요. 그 얼굴을 들여다보면 돌로 변해 버리죠. 아니면 신화 속 판[5]처럼, 그 얼굴을 직접 보면 속사람

---

4 Gorgon. 그리스 신화에 나오는 괴물 세 자매.

이 죽어 버려 평생을 유령으로 살아가야 하죠.

타이런 (역정이 나면서도 한편으로는 감동하여) 넌 확실히 시인이긴 한데, 참 병적인 데가 있어! (억지 미소를 짓는다) 그따위 비관주의는 악마에게나 줘버려라. 안 그래도 기분이 처지는 판인데. (한숨을 내쉰다) 삼류 시인들 따위 잊어버리고 셰익스피어나 공부하면 좀 좋겠니. 네가 말하고 싶은 것은 그 안에 다 들어 있다. 그 외의 것들도 낭송할 가치가 있고. (멋진 음성으로 인용한다) 〈우리는 꿈꾸는 존재요, 우리 보잘것없는 삶은 잠으로 둘러싸여 있으니.〉[6]

에드먼드 (비꼬듯) 좋아! 멋지군요. 하지만 저는 그런 말을 하고 싶었던 게 아니거든요. 〈우리는 똥 싸는 존재요, 그러니 술이나 퍼먹고 잊어버리자.〉 그게 제 생각이죠.

타이런 (역겹다는 듯) 아이고! 그런 생각은 너 혼자 간직하고 있어라. 술을 괜히 줬어.

에드먼드 확 오르는데요. 아버지도 그런 것 같은데. (놀리듯 정답게 히죽 웃는다) 한 번도 공연 시간에 늦은 적이 없는 분일지 몰라도! (공격적으로) 아니, 술 취하는 게 뭐가 나빠요? 우리가 추구하는 게 그거 아닌가요?

---

5 Pan. 그리스 신화에 나오는 목신(牧神)으로, 허리 위쪽은 사람의 모습이고 염소의 다리와 뿔을 가졌다.
6 「템페스트」 제4막 제1장.

서로 속이지 맙시다, 아버지. 오늘 밤만이라도요. 우리는 모두 다 잊으려고 하는 중이잖아요. (서둘러서) 하지만 그 얘기는 하지 맙시다. 이제 와서야 소용없는 소리죠.

타이런 (멍하니) 그래, 우리가 할 수 있는 거라곤 체념하는 것뿐이지……. 또다시 말이야.

에드먼드 아니면 진탕 먹고 취해서 잊어버리든가. (사이먼이 번역한 보들레르의 산문시를 멋지면서도 씁쓸하게, 풍자적인 열정을 가지고 인용한다)

취하라. 늘 취해 있어야 한다. 문제의 핵심은 이것이다. 이것만이 문제이다. 당신의 어깨를 짓눌러 땅에 짓이기는 시간의 끔찍한 짐을 느끼지 않으려면 노상 취해 있어야 한다.

그러나 무엇에? 술에건 시에건 미덕에건 당신 뜻대로. 다만 취하기만 하라.

그러다가 궁전의 계단에서나, 도랑의 풀 위에서나, 방의 음침한 고독 속에서 깨어났을 때 취기가 이미 덜하거나 가셨거든 물어보라. 바람에게, 물결에게, 별에게, 새에게, 시계에게, 지나가는 모든 것에게, 굴러가는 모든 것에게, 노래하는 모든 것에게, 말하는 모든 것에게 몇시냐고 물어보라. 그러면 바람이, 물결이, 별이, 새가, 시계가 대답해 주겠지.

〈자 취할 시간이다! 시간에게 구박받는 노예가 되지 않으려면 취하라! 노상 취해 있으라! 술에건 시에건 미덕에건, 당신 뜻대로.〉

(아버지를 보고 도전하듯 히죽 웃는다)

타이런 (탁한 목소리로 농담하듯) 나라면 미덕 같은 소리는 안 하겠다. (이윽고 역겹다는 듯) 푸! 말도 안 되는 병적인 시야! 거기 담긴 손톱 만큼의 진실은 셰익스피어가 이미 고상하게 표현해 놓았어. (그러다가 감탄하며) 하지만 잘 읊었다. 애야. 누가 쓴 시냐?

에드먼드 보들레르요.

타이런 들어 본 적 없는데.

에드먼드 (도전하듯 웃는다) 제이미 형과 브로드웨이의 불야성에 대해서도 시를 썼죠.

타이런 놈팡이 같으니! 막차를 놓쳐서 집에 안 들어오면 좋겠군!

에드먼드 (못들은 척 계속한다) 보들레르는 프랑스 사람이고 브로드웨이를 본 적도 없는 데다 제이미 형이 태어나기도 전에 죽었지만 말이에요. 그래도 제이미와 뉴욕이라는 동네를 알았죠. (보들레르의 「에필로그」를 사이먼의 번역본으로 읊는다)

평안한 마음으로 나는 가파른 성채를 기어올라,

탑 위에서 도시를 내려다보았다.
병원, 매음굴, 감옥, 그렇고 그런 지옥들을.

악이 꽃처럼 조용히 피어나는 곳.
오, 사탄이여, 내 고통의 수호신이여, 너는 알리라,
그때 내가 오른 것은 헛된 눈물을 흘리기 위함이 아니었음을.

마치 늙고 서글픈 색골처럼
나는 그 거대한 매춘부가 주는 쾌락을 기꺼이 마시고
지옥 같은 아름다움에 도취되어 다시 젊어진다.

그대 무거운 안개에 둘러싸여
대낮에 흠뻑 잠들어 있든, 새로 옷을 갈아입고
아름다운 저녁의 황금빛 베일을 쓰고 서 있든,

난 너를 사랑한다, 악명 높은 도시여!
창녀와 도망자가 주는 나름의 쾌락을
속된 무리는 결코 이해하지 못하나니.

타이런 (짜증스럽게 역정을 내며) 소름 끼치게 부도덕하구나! 도대체 어디서 그런 문학적 취향이 생긴 거냐?

부도덕과 절망과 비관주의! 이 작자도 무신론자 나부 랭이겠지. 신을 부정하는 건 희망을 부정하는 거야. 넌 그게 문제라니까. 무릎을 꿇고 기도해 보면—

에드먼드 (못들은 양 빈정대며) 정말 제이미 형 같지 않아요? 자의식과 술로 만신창이가 되어 뚱보 창녀와 브로드웨이의 호텔 방으로 도망쳐 들어가 다우슨의 「시나라」를 읊어 주는 거예요. 형은 뚱뚱한 여자를 좋아하죠. (조롱하듯이, 그러나 풍부한 감정을 실어서 읊조린다)

> 밤이 새도록 내 가슴 위로 그녀의 따뜻한 심장 박동 소리를 들었네.
> 밤이 새도록 내 팔 안에서 그녀는 사랑을 나누고 잠이 들었네.
> 돈으로 산 그녀의 빨간 입맞춤은 정녕 달콤하였네.
> 그러나 회색 안개 속에서 깨어나면
> 식어 버린 열정이 그리워 나는 외롭다.
> 시나라! 나는 나름의 방식으로 네게 사랑을 바쳤나니.

(비웃듯이) 하지만 뚱뚱한 창녀는 무슨 말인지 하나도 못 알아듣고 그저 자기를 욕하는 소리인 줄 알죠! 사실 제이미 형은 시나라 같은 여자를 좋아한 적도 없고

생전 사랑을 바쳐본 적도 없어요. 나름의 방식이고 뭐고 말이죠! 하지만 거기 누워서 우월한 척, 자신이 〈속된 무리는 결코 이해하지 못하는〉 쾌락을 즐긴다고 뻐기죠! (소리 내어 웃는다) 엿 같아……. 완전 엿 같아!

타이런 (탁한 목소리로 모호하게) 미치광이 짓이야. 무릎 꿇고 기도할 수만 있다면……. 신을 부정하는 것은 온전한 정신을 부정하는 것과 마찬가지야.

에드먼드 (못들은 체하며) 내가 뭐 잘났다고 이런 소리를 하는 거지? 나도 똑같이 그랬는데. 다우슨도 마찬가지예요. 압생트에 취해 해롱거리다가 멍청한 술집 여종업원에게 시를 써주고 술 취한 미친놈 취급만 받았죠. 다우슨을 쫓아내고 웨이터와 결혼했다나요! (소리 내어 웃는다. 이윽고 진정한 연민을 담아 말짱하게) 불쌍한 다우슨, 술과 폐결핵으로 죽어 버렸어. (순간 깜짝 놀라 겁에 질린 듯 초라한 몰골을 하고 서 있다. 이윽고 방어하는 어조로 비꼬듯) 아무래도 화제를 바꾸는 게 좋을 듯하네요.

타이런 (탁한 목소리로) 도대체 그런 취향은 어디서 나온 거냐! 저 망할 놈의 책들 같으니! (뒤에 있는 작은 책장을 가리킨다) 볼테르, 루소, 쇼펜하우어, 니체, 입센! 무신론자, 광대, 미치광이들! 게다가 그 시인이라는 작자들은 어떻고! 다우슨, 볼테르, 스윈번, 오스카 와일드, 휘트먼, 포! 계집질이나 하는 변태들! 하! 이

렇게 멋진 셰익스피어 전집이 세 질이나 있는데 말이다. (눈짓으로 큰 책장을 가리킨다)

에드먼드 (도전적으로) 셰익스피어도 술주정뱅이였다던데요.

타이런 거짓말이야! 물론 술을 좋아하기는 했겠지. 그건 훌륭한 남자의 약점이니까……. 하지만 술을 제대로 마실 줄 알아서, 소름 끼치는 부도덕에 물들지는 않았어. 저기 있는 저런 나부랭이들과 셰익스피어를 비교하지 마라. (다시 작은 책장을 가리킨다) 추악한 졸라! 마약쟁이 단테 가브리엘 로세티! (깜짝 놀라 켕겨 하는 모습이다)

에드먼드 (방어적으로 쌀쌀맞게) 아무래도 화제를 바꾸는 게 현명할 것 같네요. (사이) 나더러 셰익스피어를 모른다고 하시면 안 돼요. 아버지 한참 잘 나가던 때 그랬다고 자랑하면서 주인공 대사를 일주일 만에 외우는지 못 외우는지 내기했을 때, 제가 이겨서 5달러 받은 거 기억 안 나세요? 난 아버지가 주는 신호에 따라 「맥베스」를 토씨 하나 안 틀리고 다 외웠어요.

타이런 (긍정하며) 맞아, 그랬지. (짓궂게 미소 짓고 한숨을 쉰다) 기억난다. 네가 그 대사들을 난도질하는 걸 듣는 건 끔찍한 고통이었지. 너를 시험해 보지 말고 그냥 상금을 주는 게 나았을 걸 싶었어. (킬킬거리며 웃고 아들도 히죽 웃는다. 그러다가 위층에서 나는 소리를 듣고 화들짝 놀라 두려움 섞인 목소리로) 들었어? 돌아다니고 있어. 잠들었기를 바랬는데.

에드먼드 잊어버리세요. 한 잔 더 할까요? (팔을 뻗어 병을 잡고 한 잔 따른 후 건네준다. 아버지가 술을 따르자 긴장된 목소리로 태연함을 가장하여) 엄마는 언제 자러 갔어요?

타이런 네가 나간 직후에. 저녁은 안 먹겠다고 하더라. 너는 왜 그렇게 달아나 버렸지?

에드먼드 아무것도 아니었어요. (불쑥 잔을 높이 든다) 자, 건배.

타이런 (기계적으로) 쭉 마셔라, 애야. (두 사람, 술을 마신다. 타이런은 다시 위층에서 나는 소리에 귀를 기울이고 두려운 듯) 계속 돌아다니고 있어. 내려오지 않으면 좋겠는데.

에드먼드 (멍하니) 그러게요. 지금쯤이면 완전히 과거를 뒤쫓는 유령 같은 모습이 되어 있겠지요. (사이. 이윽고 초라하게) 내가 태어나기도 훨씬 전으로—

타이런 내게도 그러지 않더냐? 나를 만나기도 전으로 되돌아간단다. 자기 아버지네 집이나 수녀원에서 기도하고 피아노를 연주하던 때가 가장 행복했던 것처럼. (질투 어린 불만이 비통한 목소리에 섞여 든다) 전에도 얘기했다만 너희 엄마의 기억은 적당히 가감해 가며 들어야 한다. 사실 정다운 가정이라는 것도 평범하기 짝이 없는 곳이었어. 아버지라는 분도 말하는 것처럼 그렇게 훌륭하고 너그럽고 고상한 아일랜드 신사가 아니었고. 물론 사람 좋고 같이 있으면 즐거운 이야기꾼이긴 했지. 우린 서로 좋아했어. 도매상으로 꽤 성공한, 능력 있는 양반이었고. 하지만 인간적인 약점이 있었어. 너희 엄마는 내 음주벽을 탓하지만 그 양반은 어떻고. 나이 마흔이 될 때까지는 술에 입도 안 대던 사람이긴 해. 하지만 이후부터는 잃어버린 시간을 보상하려는 듯 마셔 댔지. 끊임없이 샴페인을 마셨는데, 그게 제일 나쁜 습관이거든. 오직 샴페인만 마실 뿐이라고 거들먹거리다가 결국 그 샴페인 때문에 일찍 돌아가셨어. 거기에 폐결핵까지— (켕기듯 아들을 바라보며 말을 멈춘다)

에드먼드 (조롱하듯) 유쾌하지 않은 화제를 도대체 피할 수가 없군요, 우린.

타이런 (서글프게 한숨 쉬며) 그러게 말이다. (호기롭게 대하려고 애쓰며) 카드 게임 한 판 어떠냐, 애야?

에드먼드 좋아요.

타이런 (서툴게 카드를 섞으며) 제이미가 막차 타고 올 때까지는 문을 잠그고 잘 수가 없잖니. 오지 않는 편이 나으련만……. 게다가 너희 엄마가 잠들 때까지는 위층에 올라가고 싶지도 않아.

에드먼드 저도 그래요.

타이런 (주섬주섬 카드 섞기만 계속하여 패 나누는 것을 잊고 있다) 이미 얘기했다만 너희 엄마의 옛날 이야기는 알아서 가감해 가며 들어야 해. 피아노 연주가 좋아서 콘서트 연주자가 되고 싶었다는 꿈도 말이야, 수녀들이 비위 맞추느라 한 말이 머릿속에 박힌 거지. 총애받는 학생이었거든. 아주 신실한 학생이라 사랑을 받았어. 하지만 수녀들이란 세상일에 관해서는 순진한 여인네들이지. 재주가 있어도 1백만 명 중 한 사람 정도만 콘서트 연주자로 성공할 수 있다는 걸 어찌 알겠어. 여학생 치고 피아노를 잘 쳤다는 건 인정한다만, 그렇다고 해서 당연하게—

에드먼드 (날카롭게) 게임을 하려면 패를 주셔야죠.

타이런 응? 그래. (거리를 가늠하지 못하고 패를 나누며) 게다가 수녀가 될 수도 있었다니, 말도 안 돼. 너희 엄마는 그때까지 내가 본 여자 중에 가장 아름다운 사람이었어. 자기도 그걸 알고 있었지. 수줍고 얼굴을 잘 붉혔지만 그 뒤에는 요염한 구석이 있었어. 속세를 단념할 사람이 아니었지. 건강하고 활기차고, 사랑스러움으로 터질 듯했어.

에드먼드 제발 아버지! 패 좀 들여다보시죠?

타이런 (패를 집어 들며 멍하니) 그래, 뭐가 들어왔나 좀 보자. (둘 다 멍하니 카드를 주시하다가 깜짝 놀란다. 타이런이 속삭인다) 들어 봐!

에드먼드 아래로 내려오고 계세요.

타이런 (황급히) 우리는 게임을 하는 거야. 못 본 척하면 곧 다시 올라가겠지.

에드먼드 (응접실 쪽을 주시하며 안도한 듯) 안 보여요. 내려오다가 되돌아가셨나 봐요.

타이런 다행이다.

에드먼드 그러게요. 지금 상태의 엄마를 보는 건 끔찍한 일이죠. (씁쓸하게 괴로움을 토로한다) 가장 힘든 건 엄마가 주변에 벽을 쌓아 놓는다는 거예요. 아니, 오히려 안개의 둑을 쌓아 놓고 숨어서 길을 헤맨다는 게 맞겠네요. 가장 끔찍한 건 일부러 그런다는 사실이죠! 엄마 내면의 어떤 부분이 일부러 그렇게 하고 있어요. 우리 손을 벗어나고, 우리가 살아 있는 존재라는 것을 지워 버리고 잊어버리려는 거죠! 마치 우리를 사랑하면서도 증오하는 것 같아요!

타이런 (부드럽게 타이른다) 자, 자, 애야. 그건 너희 엄마가 아니라 몹쓸 약 때문이야.

에드먼드 (씁쓸하게) 그 효과를 얻기 위해서 약을 먹는 거잖아요. 최소한 이번만큼은 일부러 그러시는 게 확실해요! (불쑥) 제 차례죠? 여기. (카드를 놓는다)

타이런 (기계적으로 게임을 하며 부드럽게 나무라듯) 엄마는 네 병 때문에 몹시 겁에 질린 거야. 그렇지 않은 척하지만. 엄마를 너무 가혹하게 대하지 마라, 애야.

엄마 책임이 아니야. 일단 저 몹쓸 약을 맞으면—

에드먼드 (얼굴이 딱딱하게 굳어 쓰디쓴 비난의 표정으로 아버지를 바라본다) 그 약을 맞지 않도록 했어야죠! 엄마 책임이 아니란 건 너무 잘 알고 있다고요! 아버지 책임이에요! 아버지가 자린고비라서 그래요! 내가 태어난 후 엄마가 너무 아팠을 때 아버지가 좋은 의사를 불렀더라면, 엄마는 모르핀이 뭔지도 몰랐겠죠! 하지만 아버지는 무식하기 짝이 없는 호텔의 돌팔이에게 맡겼어요. 그 돌팔이는 모른다는 말 대신, 나중에 어떻게 될지 생각하는 대신, 제일 쉬운 방법을 택한 거고요! 단지 진료비가 쌌기 때문에! 아버지는 그것마저 싸게 처리해 버린 거죠!

타이런 (뜨끔해서 화를 내며) 조용히 해! 아무것도 모르면서 그따위로 말을 하다니! (분노를 억누르려고 애쓰며) 내 입장도 생각해 줘야지, 애야. 그런 의사인 줄 내가 어떻게 알 수 있었겠니? 괜찮은 의사라고들 했고—

에드먼드 호텔 바의 술꾼들이 그렇게 얘기했죠!

타이런 아니야! 난 호텔 사장에게 최고의 의사를 소개해 달라고—

에드먼드 그랬겠죠! 그러면서도 빈민 구호소 어쩌고저쩌고하면서 싸구려 의사가 필요하다는 암시를 확실히 줬겠죠! 만날 그러는 거 알아요! 젠장, 오늘 오후에 다 알았다니까요.

타이런 (죄책감에 방어적으로) 오늘 오후가 뭐 어쨌는데?

에드먼드 신경 쓰지 마세요. 우린 엄마 이야기를 하고 있잖아요! 아버지가 뭐라고 변명을 하든, 아버지의 그 자린고비 근성이 문제라—

타이런 헛소리하지 마! 당장 입 닥치지 않으면—

에드먼드 (무시하고) 그러면 엄마가 모르핀에 중독되기 시작한 초기에는 왜 치료하지 않았어요? 기회가 있었잖아요! 돈이 드니까 그랬겠죠! 엄마에게 의지력을 발휘하면 된다는 얘기만 늘어놓았겠죠! 아버지는 아직까지 그걸 신봉하고 있죠? 정말로 뭘 아는 의사들이 아무리 얘기를 한다 해도 말이에요!

타이런 또 헛소리를 하는구나! 지금은 많이 알고 있어! 하지만 그때 그걸 어떻게 알 수 있었겠니? 내가 모르핀에 대해 뭘 알았겠어? 뭐가 문제였는지는 몇 년 전에야 알았어. 난 너희 엄마가 병을 못 이긴다고만 생각했어. 그런데 왜 치료하러 보내야 한단 말이냐? (쓰디쓰게) 내가 치료를 안 해줬다고? 난 치료비로 수천을 썼어! 낭비였지. 무슨 소용이 있었니? 언제나 다시 시작했는데.

에드먼드 아버지는 엄마가 약을 끊을 수 있도록 도와주지 않았잖아요! 엄마가 싫어하는 곳에 지은 이 쓰레기 같은 여름 별장 외엔 진짜 집도 없죠. 이 집이 좀 더 나아지도록 돈을 쓰는 일에도 반대했잖아요. 그러면서 땅을 계속 사들이고 금광이니 은광이니, 벼락부자를 만들어 주겠다는 사기꾼에게는 노상 밥이 되었죠! 시즌마다 엄마를 유랑 극단에 합류시켜서 하룻밤 공연까지 다 끌고 다니면서, 밤마다 더러운 호텔 방에서 말벗도 없이 아버지를 기다리게 했죠. 술집 문 닫는 시간이 되어서야 곤드레만드레해서 오는 아버지를! 젠장, 약을 끊고 싶지 않은 게 당연한 일 아닌가요? 빌어먹을, 그 생각만 하면 아버지가 미워 죽겠어!

타이런 (상처를 입고) 에드먼드! (이윽고 분노하여) 어떻게 아버지에게 그렇게 얘기한단 말이냐, 버릇없는 자식새끼 같으니라고! 지금껏 해준 은덕도 모르는 놈!

에드먼드 아버지가 어떻게 해주고 있는지, 그 문제도 어디 얘기해 봅시다!

타이런 (다시 죄의식에 사로잡힌 듯 못 들은 체한다) 너도 네 어미가 약에 취했을 때 퍼붓는 황당한 비난을 계속 퍼부을 참이냐? 난 싫다는 사람 끌고 다니지 않았어. 단지 너희 엄마와 함께 있기를 원했지. 사랑했으니까. 너희 엄마도 나를 사랑했고 함께 있고 싶으니까 따라온 거야. 너희 엄마가 제정신이 아닐 때 무슨 말을 한대도, 그게 진실이야. 그리고 네 엄마는 한 번도 외로웠던 적이 없어. 언제나 우리 단원이 있어서 원하면 같이 얘기할 수 있었지. 아이들도 있었고, 비용이 암만 들더라도 유모를 같이 데리고 다니도록 했지.

에드먼드 (비통하게) 그래요. 아버지가 인심을 쓴 건 엄마가 우리에게 관심을 너무 많이 기울이는 게 싫어서였죠. 우리가 방해되지 않기를 바랐죠! 아버진 거기서 또 실수하신 거예요! 만약 엄마가 혼자서 나를 돌봐야 했더라면, 내게 전념할 수 있었더라면, 아마 엄마는 괜찮지 않았을까—

타이런 (부아가 나서) 그 문제에 관해서라면, 너희 엄마가 제정신이 아닐 때 하는 말로 판단해 보자. 네가 태어나지 않는 편이야말로 너희 엄마에게 훨씬 더— (부끄러워서 말을 멈춘다)

에드먼드 (갑자기 지치고 초라해진다) 맞아요. 엄마도 그렇게 생각한다는 거 알아요, 아버지.

타이런 (후회하는 심정으로 부정한다) 아니야! 모든 엄마가 자식을 사랑하듯 너희 엄마도 마찬가지다! 네가 과거를 들쑤시면서 나를 미워한다고 하니까, 나도 모르게 화가 나서 그만—

에드먼드 (멍하니) 진심으로 한 말이 아녜요, 아버지. (갑자기 미소 짓는다. 취기에 농담 삼아) 난 엄마와 같은 심정이에요. 그 모든 것에도 불구하고 아버지를 좋아하지 않을 수 없어요.

타이런 (취기에 히죽 웃으며 화답한다) 나도 마찬가지야. 넌 아들로는 그다지 훌륭한 녀석이 아니지. 그래도

〈못난 놈이지만 내 자식〉이야. (두 사람은 취기에 진정을 섞어 다정하게 킬킬댄다. 타이런이 화제를 바꾼다) 우리 카드 게임은 어찌 된 거냐? 누구 차례냐?

에드먼드 아버지 차례인 것 같아요. (타이런이 카드 한 장을 놓고 에드먼드가 집어 들지만, 다시금 게임은 잊힌다)

타이런 얘야, 오늘 들은 안 좋은 소식에 너무 상심하지 마라. 네가 가는 곳에서 하라는 대로만 하면, 6개월이나 늦어도 1년 안에는 완치될 거라고 의사들이 그러더라.

에드먼드 (다시 얼굴이 딱딱하게 굳어서) 웃기지 마세요. 아버지도 안 믿으면서.

타이런 (지나치게 거세게) 물론 난 믿는다! 하디도, 다른 전문의도 그랬는데 내가 왜 안 믿겠니?

에드먼드 아버진 내가 죽을 거라고 생각하고 있잖아요.

타이런 말도 안 되는 소리! 너 미쳤구나!

에드먼드 (더 씁쓸하게) 뭐하러 돈을 낭비하겠어요? 그러니까 나를 주립 요양원에 보내는—

타이런 (죄의식으로 가득 차서) 무슨 주립 요양원? 힐타운 요양원이라는데, 두 의사 모두 네게는 최고라고 추천하더라.

에드먼드 (가차 없이) 가격 대비 그렇단 거겠죠! 무료이거나 거의 무료라는 뜻 아닌가요? 거짓말하지 마세요, 아버지! 힐타운 요양원이 주립 시설이란 건 아버지가 더 잘 알면서! 아버지가 하디에게 빈민 구호소 타령을 했을 거라고 의심하던 형이 결국 진실을 캐냈죠.

타이런 (분노하여) 주정뱅이 놈팡이 같으니! 내 그놈을 도랑에 처박아 버려야겠다! 넌 철들면서부터 제이미 말만 들어서 마음이 병들어 버린 거야!

에드먼드 주립 요양원에 대한 건 맞죠?

타이런 네가 생각하는 것과는 달라! 주에서 운영하는 게 어디가 어때서? 반대할 만한 이유는 아무것도 없어. 주 정부는 그곳을 어떤 사설 요양원보다 더 좋은 곳으로 만들 돈이 있어. 그러면 당연히 이용해야 하지 않겠니? 그건 내 권리이고 너의 권리이기도 해. 우린 주민이잖아. 난 땅 소유자야. 그걸 유지하기 위해 애쓰는 사람이라고. 세금도 엄청나게 내고—

에드먼드 (씁쓸하게 비꼬며) 그렇겠죠, 25만 달러의 가치가 있는 땅이니까요.

타이런 말도 안 돼! 모두 저당 잡혀 있는 건데!

에드먼드 하디와 전문의는 아버지 재산에 대해 알고 있어요. 아버지가 빈민 구호소 운운하며 자선 기관에 날 보내고 싶어 하면, 그 사람들이 도대체 아버지를 어떻게 생각하겠어요!

타이런 말도 안 돼! 난 단지 땅만 가진 가난뱅이니까 백만장자들이 가는 요양소에 보낼 여유가 없다고 했을 뿐이다. 그리고 그건 사실이야!

에드먼드 그러고 나서는 클럽에서 맥과이어를 만나 또다시 엉터리 땅을 속아 샀겠죠! (타이런이 부정하려 들자) 거짓말하지 마세요! 아버지와 헤어지고 온 맥과이어를 호텔 바에서 봤다고요. 형이 또 아버지를 후렸느냐고 농담을 건네니까 윙크를 하면서 너털웃음을 터뜨리던걸요!

타이런 (자신 없이 거짓말을 한다) 그런 소릴 했다면 맥과이어가 거짓말쟁이—

에드먼드 거짓말 좀 하지 마세요! (점점 더 강하게) 젠장, 아버지, 나는 바다로 나가 혼자 벌어먹고 살기 시작한 이후로 적은 돈을 받고 일한다는 게 얼마나 힘든 건지 깨달았어요. 무일푼, 굶주림, 잘 곳이 없어 공원에서 노숙하는 게 어떤 건지도 알게 되었고요. 난 아버지가 어린 시절 힘들었다는 걸 알기 때문에 아버지를 좀 더 공정하게 보려고 애썼어요. 아버지를 이해하려고 애썼다고요. 젠장, 이 빌어먹을 식구들을 그렇게 이해해 주지 않으면 내가 미쳐 버릴 것 같으니까요! 내가 한 몹쓸 짓들을 생각해 보곤 나 자신도 이해해 주려고 애썼어요. 돈만 얽히면 아버지가 어떤 사람이 되는지 아니까 엄마처럼 그냥 받아들이려고도 애써 보았어요. 하지만, 에잇 젠장, 아버지의 이번 행동은 도가 지나쳤어요! 토할 것 같아! 아버지가 나를 그런 식으로 취급해서가 아니에요. 그게 무슨 상관이람! 나도 나름 여러 번 아버지에게 빌어먹을 짓을 했잖아요. 하지만 당신 아들이 폐결핵인데, 동네 사람들 앞에서 그렇게 자린고비 늙은이 티를 내다니! 하디가 떠벌리고 다니면 곧 온 동네가 다 알 거란 거 몰라요? 제발 아버지, 자존심도 부끄러움도 없어요? (분노가 폭발한다) 아버지 뜻대로 될 거라고 생각하지 마세요! 난 빌어먹을 주립 요양원 안 가요! 내가 왜 아버지 돈 몇 푼 아껴서 엉터리 땅을 사게 해줘? 고린내 나는 늙은 구두쇠! (목이 막혀 컥컥거린다. 분노로 목소리가 떨리다가 기침 발작으로 이어진다)

타이런 (아들의 공격을 받으며 자리에서 웅크리고 있다. 자책감에 분노도 잊은 채 더듬거리며 말한다) 조용히 해! 내게 그런 말 하지 마! 넌 취했어! 난 네 말에 신경 안 쓴다. 기침을 참으려무나, 얘야. 아무것도 아닌 일에 너무 열을 냈어. 꼭 힐타운에 가야 된다고 누가 그랬니? 어디든 원하는 곳으로 가도 돼. 돈이 얼마가 들든 신경 안 써. 내 관심은 너의 완쾌뿐이야. 날 고린내 나는 구두쇠라고 부르지 마라. 난 단지 의사들 눈에 후려 먹어도 될 법한 백만장자로 보이지 않기를 원했을 뿐이야. (기침을 멈춘 에드먼드는 아프고 약해 보인다. 타이런이 겁에 질린 듯 아들을 바라본다) 너 지친 것 같구나, 얘야. 원기 회복제를 한 잔 하렴.

에드먼드 (병을 잡아 잔에 넘치도록 따르며 약한 목소리

로) 고마워요. (위스키를 꿀꺽 털어 넣는다)

타이런 (자신도 술병을 비우며 한 잔 가득 따르고 마신다. 고개를 숙이고 탁자 위의 카드를 바라보다가 멍하니) 누구 차례더라? (노여움 없이 멍하니 계속한다) 고린내 나는 늙은 구두쇠라……. 그래, 네가 맞는지도 몰라. 나도 어쩔 수 없는지도 모르지. 돈이 생기면서 난 술집 모두에게 한 잔씩 돌리고 절대 못 갚을 놈들에게 돈을 꿔주면서도……. (헤벌어진 입술에 자조 어린 조소를 머금는다) 하지만 그건 술집에서나 그랬어. 술이 가득 들어갔을 때 얘기지. 제정신이었던 집에서는 절대로 그렇게 할 수가 없었어. 처음으로 1달러의 가치를 배우고 빈민 구호소를 두려워하게 된 것도 집에서였으니까. 이후로는 내 행운을 믿을 수가 없었지. 언제라도 운이 바뀌고 내가 가진 모든 것이 사라져 버릴까 봐 두려웠어. 하지만 더 많은 땅을 가지면 더 안전한 것 같거든. 논리적이지 않을지는 몰라도 그렇게 느껴져. 은행은 망하고 돈은 사라지지만 땅은 발밑에 밟히잖아. (불쑥 꾸짖듯 오만한 어조로 바뀐다) 넌 내 어린 시절의 궁핍을 알게 되었다고 했지? 잘도 알겠다! 네가 어떻게 알아? 넌 모든 것을 다 가졌어. 유모, 학교 그리고 금방 나와 버리긴 했지만 대학 교육까지. 밥과 옷도 있었지. 아, 너도 어깨와 손으로 노동을 하고 외국에서 잠시 노숙과 빈털터리 경험을 했다고 했지. 그래, 존경스럽다. 하지만 네게 그건 낭만과 모험을 경험하는 놀이였지. 그건 연극이었어.

에드먼드 (멍하니 비꼰다) 그래요, 특히 〈지미 더 프리스트〉[7]에서 자살 기도를 해서 거의 죽을 뻔했을 때.

타이런 넌 제정신이 아니었어. 내 아들이라면 그런 짓을 하지 않아……. 넌 취해 있었어.

에드먼드 난 아주 말짱했어요. 그게 문제였죠. 너무 오래 생각했던 게 탈이죠.

타이런 (취기에 버럭 화를 내며) 빌어먹을 무신론자의 음울한 얘기는 시작도 하지 마라! 듣고 싶지 않아. 내가 지금 명백하게 얘기하고 싶은 것은……. (책망하듯) 네가 1달러의 가치에 대해 뭘 알겠니? 내가 열 살 때 아버지는 어머니를 버리고 아일랜드로 돌아가 죽었어. 귀국하자마자 곧 죽었는데, 잘됐지. 지금도 지옥에서 잘 지져지고 있었으면 좋겠다. 쥐약을 밀가루나 설탕쯤으로 착각했었다는구나. 착각이 아니라는 얘기도 있지만 그건 사실이 아냐. 내 가족 중에는 아무도 그런―

에드먼드 착각이 아니었다는 쪽에 한 표.

타이런 또 음울한 얘기! 네 형이 네 머리를 못쓰게 만들어 놓았어. 그 아이는 늘 가장 최악의 것을 상상하고

---

7 Jimmy the Priest. 맨해튼에 있던 술집 겸 여관의 이름. 실제로 유진 오닐은 이곳에서 자살을 기도했다.

그대로 믿어 버리지. 어쨌든 우리 어머니는 낯선 땅에 애만 넷 딸린 이방인으로 남았지. 나와 누나와 어린 동생 둘이었어. 형 둘은 다른 곳으로 나갔고. 형들은 우리 도울 수 없었어. 자기들 먹고살기도 힘들었거든. 우리의 가난에 낭만 따위는 없었다. 집이라고 부르던 헛간에서 두 번 쫓겨났지. 몇 안되는 세간은 길거리에 내팽개쳐지고 어머니와 누이들이 울어 댔어. 나도 눈물이 났지만 이를 악물고 참았지. 난 가장이었거든. 나이 열 살 때! 더 이상 학교는 못 다녔다. 공장에서 공구를 만들며 하루 열두 시간씩 일했어. 지붕에서 비가 새는, 더러운 가축 우리 같은 곳이었지. 여름에는 푹푹 찌고 겨울에는 난로 하나 없어서 손이 곱았어. 빛이라고는 단춧구멍만 한 창문 두 개로 들어오는 게 다여서, 흐린 날이면 공구에 눈을 거의 붙이다시피 해야 했어! 네가 노역을 안다고? 내가 그 일을 해서 얼마를 번 줄 알아? 일주일에 50센트였어! 사실이야! 일주일에 50센트! 불쌍한 어머니는 양키들을 위해 종일 빨래를 했고 누이는 바느질, 어린 동생 둘은 하루 종일 집을 봤어. 한 번도 풍족하게 옷을 입은 적도 밥을 먹은 적도 없었다. 어느 추수 감사절에, 아니 성탄절이었나? 어머니가 일하던 양키 집에서 선물로 1달러를 줬어. 귓갓길에 어머니는 그걸로 음식을 샀지. 어머니의 여윈 뺨에 기쁨의 눈물이 줄줄 흘러내리던 게 기억난다. 우리를 껴안고 입을 맞추며 말했지. 〈하느님 감사합니다. 난생처음으로 우리 모두 배불리 먹을 양식이 생겼습니다!〉 (눈물을 훔친다) 씩씩하고 다정하고 훌륭한 여인이었어. 최고로 씩씩하고 훌륭한 사람이었지.

에드먼드 (감동하여) 정말 그랬겠군요.

타이런 어머니가 두려워한 게 단 한 가지 있다면, 그건 늙고 병들어 빈민 구호소에서 죽는 것이었지. (사이. 우울한 농담처럼) 그 시절에 나는 절약하는 법을 배운 거야. 1달러의 가치는 엄청났다. 일단 배워 몸에 익은 건 바꾸기 어렵지. 싼 걸 찾아다니게 돼. 내가 만약 싼 가격 때문에 주립 요양원을 골랐다고 말하더라도 너는 나를 용서해야 해. 의사들도 거긴 좋은 곳이라고 얘기했고 말이야. 에드먼드, 믿어 줘. 네가 원하지 않는데 그곳을 강요할 생각은 전혀 없어, 맹세코. (황급히) 네가 좋으면 어디든 가도 돼! 돈 걱정일랑 말고! 내 형편 닿는 곳이면 어디든 괜찮아. 어디든 네가 좋은 곳으로……. 합리적인 선에서 말이다. (에드먼드가 히죽거리며 입술을 씰룩인다. 원망은 사라지고 없다. 아버지는 매끄럽게 이야기를 이어 나간다) 전문의가 추천한 또 다른 요양원이 있었다. 전국 어느 곳과 비교해도 뒤지지 않는다고 했어. 백만장자 공장주들이 출자해서 직원들에게 혜택을 주려고 만든 곳인데, 너는 이 지역 주민이니까 갈 수 있어. 돈이 차고 넘치는 곳이라 그다지 많이 안 내도 된다더라. 일주일에 겨우 7달러밖에 안 드는데 그 열 배쯤의 가치가 있는 곳이라는구나. (급하게) 난 네게 어디 가라고 설득하는 게 아니야, 알겠니? 들은 대로 얘기해 주고 있을 뿐이야.

에드먼드 (미소를 감추고 아무렇지도 않게) 아, 알아요. 싸고 괜찮은 곳 같네요. 거기 가고 싶어요. 됐네요, 이제. (갑자기 몹시 절망한 듯 멍하니) 어쨌든 아무 상관도 없는 일이잖아요. 그만 잊어버리자고요! (화제를 바꾼다) 우리 게임은요? 누구 차례죠?

타이런 (기계적으로) 모르겠는데. 내 차례인가? 아니, 네 차례구나. (에드먼드가 카드를 한 장 놓는다. 타이런은 그것을 받고 손에서 자기 카드를 빼려다가 다시 게임을 잊어버린다) 맞아, 어쩌면 내 인생 수업이 너무 가혹해서 1달러의 가치를 지나치게 크게 평가하게 된 건지도 몰라. 그래서 좋은 배우로 경력을 쌓지 못하게 된 거지. (슬프게) 얘야, 난 이날 이때까지 아무에게도 이 얘기를 한 적이 없다만, 오늘 밤엔 너무 상심해서 막판까지 온 것 같은 느낌이니……. 거짓 자존심과 허세를 부려 봐야 무슨 소용이 있겠니. 내가 헐값에 사들인 빌어먹을 대본이 엄청난 성공을 불러오면서 돈다발이 굴러 들어왔지. 나는 손쉽게 돈 버는 재미에 망가졌다. 다른 연극은 하고 싶지도 않았어. 그 빌어먹을 것의 노예가 되었구나 하고 깨닫고 다른 연극을 해보고 싶어 했을 땐 이미 너무 늦었지. 사람들은 나를 그 인물로만 인식했고, 다른 배역으로는 써주려고 하지 않았어. 그들이 옳았어. 난 오랫동안 쉬운 걸 반복하기만 하면서 새로운 역을 맡지도 않고 열심히 일하지도 않았지. 그러면서 한때 내게 있었던 훌륭한 자질을 잃었던 거야. 손만 까딱하면 한 시즌에 3만 5천내지 4만이 굴러 들어오는 판이었거든! 너무 엄청난 유혹이었다. 하지만 그 대본을 사기 전까지만 해도 나는 미국에서 가장 재능 있는 청년 배우로 꼽혔었어. 지독하게 일했었지. 좋은 직장의 기계공 자리도 버리고 단역을 맡은 건 무대가 좋아서였거든. 난 의욕이 넘쳐흘렀어. 모든 대본을 다 읽었지. 성경 공부 하듯이 셰익스피어를 읽으며 혼자 공부했어. 아일랜드 억양은 말끔하게 잘라내 버렸고. 난 셰익스피어가 좋았어. 셰익스피어의 극이라면 한 푼 안 받고도 뭐든지 출연할 작정이었다. 그의 위대한 작품 속에서 살아 있는 게 너무 행복했거든. 그리고 난 연기도 잘했어. 셰익스피어가 예술혼을 불어넣어 주었지. 계속했으면 훌륭한 셰익스피어 전문 배우가 되었을 거야. 틀림없이! 1874년에는 내가 주연으로 있는 시카고 극장에 에드윈 부스가 왔지. 하루는 내가 카시우스를, 그이가 브루투스를 맡고, 그다음 날은 그이가 브루투스, 내가 카시우스, 그이가 이아고를 하면 내가 오셀로……. 이런 식이었지. 그런데 내가 오셀로를 연기한

첫날 밤 에드윈 부스가 극장 지배인에게 이랬다는 거야. 〈저 젊은 친구는 내가 지금껏 한 것보다 더 훌륭하게 오셀로를 연기하는군!〉 (자랑스럽게) 그런 말이 우리 시대 가장 위대한 배우의 입에서 나온 거야! 사실이었지! 그때 난 고작 스물일곱이었어! 돌이켜 보면, 그날 밤이 내 배우 인생 최고 정점이었어. 내가 원하는 바로 그런 삶을 얻은 거지! 그 이후로 한참 동안 난 의욕에 불타서 고공 행진을 계속했어. 너희 엄마와도 결혼했고. 그 당시 내가 어땠는지 엄마에게 물어보렴. 엄마의 사랑을 얻었다는 사실은 내 의욕에 더 불을 지폈지. 하지만 몇 년이 지나자 멋지게 생긴 악운이 다가와 부자가 되는 법을 알려 주었어. 처음엔 그렇게까지 잘 될 줄 몰랐어. 그저 내가 누구보다 더 잘할 수 있는, 멋지고 로맨틱한 역할이라서 맡은 거니까. 하지만 초장부터 대히트를 치더군. 인생이 나를 멋대로 가지고 논 거야. 한 시즌에 3만 5천에서 4만이라! 당시로선 대단한 수익이었지. 지금도 그런데 오죽했을까. (씁쓸하게) 난 그 많은 돈으로 무엇을 사려고 했던 건지……. 뭐, 상관없지. 후회해도 늦었어. (흐릿한 눈으로 힐끗 카드를 본다) 내 차례인가?

에드먼드 (감동하여 이해하는 눈빛으로 아버지를 바라보다가 천천히 말한다) 얘기해 주셔서 다행이에요, 아버지. 아버지를 훨씬 더 잘 알게 되었어요.

타이런 (취기 어린 일그러진 미소를 지으며) 얘기를 안 하는 게 나았을 거야. 어쩌면 나를 더욱 멸시하게 될지도 모르지. 네게 1달러의 가치를 가르치기 위한 얘기로는 형편없으니. (저절로 습관적인 연상 작용이 일어난 듯, 못마땅한 눈으로 샹들리에를 힐끗 올려다본다) 불빛이 지나쳐서 눈을 찌르는구나. 저걸 좀 꺼도 괜찮겠지? 우리에겐 필요도 없는 불빛이고, 전기 회사를 부자로 만들 이유도 없지.

에드먼드 (웃음을 참으며 싹싹하게) 그럼요, 끄세요.

타이런 (무거운 몸으로 비틀비틀 일어나 전등에 손을 뻗는다. 마음은 다시 자기 생각으로 돌아가 있다) 글쎄, 난 그 돈으로 무얼 사려고 한 걸까. (전등을 하나 끈다) 내 엄숙히 맹세하건대 에드먼드, 난 내 것이라고 부를 만한 땅뙈기 하나 없어도 좋고 은행에 동전 한 푼 없어도 좋고……. (또 다른 전등을 끈다) 늙어서 빈민 구호소에서 죽는다고 해도 좋다. 지금 와서 옛날을 돌아보며 훌륭한 예술가였다고 할 수만 있다면 말이야. (세 번째 전등을 끄고 독서 등만 남겨 둔 채 무겁게 다시 앉는다. 갑자기 에드먼드는 억눌려 있던 비딱한 웃음을 참지 못한다. 타이런은 마음이 상한다) 너 대체 뭘 보고 웃는 거냐?

에드먼드 아버지 때문이 아녜요. 인생이 우스워요. 정말 황당하군요.

타이런 (으르렁거린다) 또 그 음울한 소리! 인생은 잘못된 게 없다. 있다면 우리가……. (인용한다) 〈친애하는 브루투스, 잘못은 우리 별에 있는 것이 아니라 그 아래 태어난 우리에게 있다네.〉[8] (사이. 이윽고 슬프게) 에드윈 부스가 나의 오셀로에게 퍼부은 찬사, 난 지배인에게 그가 말한 그대로 적어 달라고 했지. 그걸 몇 년 동안이나 지갑에 넣고 다녔어. 가끔씩 읽어 보곤 했는데, 나중에는 너무 죄책감이 들어서 더 이상 그 글귀를 보고 싶지 않더구나. 그게 어디 있을까? 집 안 어딘가에 있을 텐데. 어디다 잘 챙겨 둔 기억이 나는데…….

에드먼드 (비딱하게 비웃듯 말하지만 목소리가 슬픔에 젖어 있다) 엄마의 웨딩드레스와 함께 다락방 낡은 트렁크에 들어 있을지도……. (아버지가 자신을 주시하자 얼른 덧붙인다) 제발 이제 카드 게임 좀 합시다. (타이런이 놓은 카드를 집어 들고 먼저 시작한다. 잠시 그들은 마치 체스 로봇처럼 기계적으로 게임을 한다. 이윽고 타이런이 멈추더니 위층에서 나는 소리에 귀를 기울인다)

타이런 여전히 돌아다니고 있어. 언제 자려고 저러는 거지?

에드먼드 (긴장해서 애원하듯) 제발 아버지, 잊어버리세

---

8 「줄리어스 시저」 제1막 제2장.

요. (손을 뻗어 술을 따른다. 타이런은 막으려다가 포기한다. 술을 마시고 잔을 내려놓는 에드먼드의 표정이 변한다. 말을 시작하는데 일부러 취하려는 듯한, 술기운 뒤에 숨어 버리려는 듯한 모습이다) 그래요, 엄마는 우리 위에서 안 보이게 움직이고 있지요. 과거를 뒤쫓는 유령처럼. 우리는 여기서 잊으려고 애쓰면서도, 귀를 쫑긋 세우고 아주 작은 소리라도 놓치지 않으려 하죠. 처마에 안개가 맺혀 물이 되어 떨어지는 소리, 낡고 고장 난 시계가 불규칙적으로 똑딱거리는 듯한 그 소리까지 말이에요. 아니, 싸구려 술집 탁자 위 김 빠진 맥주잔 속으로 떨어지는 매춘부의 끔찍한 눈물 같은 소리라고 해야 하나? (자신의 말을 감상하며 음산하게 웃어 젖힌다) 마지막 문장 괜찮지 않아요, 네? 보들레르가 아니라 제 창작이에요. 인정해 주세요! (취기로 말이 많아진다) 아버진 기억 속 최고의 순간에 대해 이야기하셨죠. 제 것도 들어 볼래요? 모두 바다와 관련된 것이죠. 그중 하나는 부에노스아이레스행 스퀘어헤드라는 범선에 탔을 때의 일이에요. 무역풍에 만월이었죠. 배는 시속 14노트[9]로 가고 있었어요. 난 제1사장(斜檣)[10]에서 선미 쪽을 보고 누웠는데, 밑에서는 물보라가 거품을 흩뿌리고 있었지요. 돛은 달빛 속에서 활짝 펴진 채 내

---

9 약 시속 26킬로미터 정도의 속도.
10 뱃머리에서 앞으로 튀어나온 돛대 모양의 둥근 나무.

위로 높이 솟아올라 있었고요. 나는 그 아름다움에 취하고 노래하는 듯한 리듬에 취해 잠시 무아지경이 되었어요. 삶이라는 것도 잊고 말았죠. 자유로웠어요. 난 바닷속으로 녹아들었고, 하얀 돛과 공중의 포말이 되었고, 그 아름다움과 리듬이 되었고, 달빛이 되고 배가 되고 별이 빛나는 높은 하늘이 되었어요! 난 과거도 미래도 잊은 채 평화와 통일감과 놀라운 기쁨 속으로 들어갔어요. 나 자신의 삶이나 인간의 삶, 아니 삶 그 자체보다 더 큰 어떤 것 속으로 녹아들어 갔어요! 어떻게 보면 조물주 안으로 녹아들어 간 거죠. 또 한 번은 미국 선박에 있을 때였는데, 새벽에 망대에서 망을 보고 있었어요. 그땐 잔잔한 바다였죠. 가끔씩 큰 너울이 몰려오면 배는 졸린 듯 천천히 몸을 굴렸어요. 승객들은 모두 잠들고 선원 하나 눈에 띄지 않았죠. 사람 소리라고는 들리지 않는 새벽이었어요. 아래쪽과 옆에 있는 연통에서 검은 연기가 뭉게뭉게 피어올랐어요. 전 망을 보는 대신 혼자 꿈을 꾸었어요. 같이 잠든 바다와 하늘 위로 멀리 새벽이 채색된 꿈처럼 피어오르더군요. 이윽고 자유로운 절정의 순간이 왔어요. 평화, 항해의 끝, 마지막 항구, 지저분하고 딱하고 욕심 많은 인간의 두려움과 희망과 꿈 따위를 넘어서 마침내 도달했다는 기쁨! 살면서 몇 번, 멀리까지 헤엄을 쳐 나갔을 때나 바닷가에 홀로 누워 있을 때, 난 같은 경험을 했어요. 해가 되고 뜨거운 모래가 되고 바위에 걸린 녹색 수초가 되어 파도에 흔들렸어요. 종교적인 깨달음의 순간과 같았어요. 보이지 않는 손이 사물을 가리고 있던 베일을 걷어 낸 것 같았죠. 일순간 비밀을 엿보고 그 비밀이 되어 버리는 거예요. 그 순간 의미가 생겨요! 그러다가 손이 베일을 내리면 다시 혼자가 되어 안개 속에서 길을 잃고 이유도 모른 채, 어디로 가는지도 모른 채 넘어지는 거죠! (비딱한 미소) 내가 인간으로 태어난 건 큰 실수예요. 갈매기나 물고기였다면 훨씬 좋았을 텐데. 지금의 나는 한 번도 진짜 집을 느껴 보지 못한 이방인으로 남아, 아무것도 원하지 않고 누구도 나를 원하지 않고 어디에도 녹아들지 못하고 언제나 약간씩 죽음을 갈망하고 있는 인간일 뿐이죠!

타이런 (감동을 받아 아들을 응시한다) 그래, 너에겐 시인의 싹이 있어. (곧 불편한 마음으로 부정한다) 하지만 무엇도 너를 원치 않는다는 둥, 죽음을 갈망한다는 둥 하는 건 음산하고 황당무계한 소리에 지나지 않아.

에드먼드 (냉소적으로) 시인의 싹이라⋯⋯. 아뇨, 난 언제나 담배나 한 대 구걸하는 노숙자 같다는 생각이 들어요. 싹 같은 것도 없지요. 그냥 습관일 뿐이에요. 나는 지금 내가 정말 얘기하고 싶었던 것 근처에도 못 갔어요. 더듬거렸을 뿐이죠. 그 정도가 내가 할 수 있는 최선이겠죠, 만약 죽지 않는다면요. 적어도 충실한 사실주의는 되겠군요. 더듬거리는 것이 우리 같은 안개 인간들의 타고난 웅변술이니까요. (사이. 집 바깥에서 소리가 들리자 둘 다 놀라서 펄쩍 뛰어 일어난다. 현관에서 누군가 넘어진 듯하다. 에드먼드가 히죽 웃는다) 으음, 형님이 드디어 등장하시나 봅니다. 한 꼭지 돌아 있는 것 같은데요.

타이런 (인상을 찌푸리고) 놈팡이 같은 자식! 빌어먹을 막차를 탔군. (일어선다) 데려다가 재워라, 에드먼드. 난 베란다에 나가 있겠다. 그 녀석은 취하면 독사 같은 혀를 놀리지. 내 성질만 버려. (제이미가 현관문을 닫고 들어오는 순간 베란다 옆에 난 문으로 나간다. 에드먼드는 비틀대며 응접실로 걸어오는 제이미를 재미있다는 듯 바라본다. 제이미가 들어온다. 매우 취해 다리가 휘청거린다. 눈은 번들거리고 얼굴은 붓고 입은 풀렸으며, 아버지처럼 헤벌어져 늘어진 입가에는 심술궂은 미소가 어려 있다)

제이미 (문가에서 비틀거리며 눈을 깜박인다. 큰 목소리로) 야! 야!

에드먼드 (날카롭게) 소란 떨지 마!

제이미 (동생에게 눈을 깜박인다) 아, 안녕, 꼬마. (아주 진지하게) 난 곤드레만드레 취했어.

에드먼드 (냉담하게) 큰 비밀을 얘기해 줘서 고맙군.

제이미 (멍청하게 미소 지으며) 응, 불필요한 정보 제1번이라 이거지? (고개를 숙이고는 무릎을 두드린다) 중상을 입었어. 현관 계단이 나한테 달려들더라고. 안개를 틈타서 어떻게 해보려고 하데. 저긴 등대라도 있어야 돼. 여기도 어둡구먼. (인상을 찡그리며) 뭐야, 이거! 무덤 속이냐? 불 좀 비춰 보자고요. (탁자를 향해 비틀비틀 걸어오며 키플링의 시를 읊는다)

  여울, 여울, 카불 강의 여울,
  어둠 속 카불 강의 여울!
  옆에 있는 말뚝을 따라가다 보면 틀림없이 건너가겠네,
  어둠 속 카불 강의 여울.

(샹들리에를 더듬거려 전등불 세 개를 간신히 켠다) 훨씬 좋구먼. 빌어먹을 영감태기. 구두쇠 영감은 어디 갔어?

에드먼드 베란다에 나가 계셔.

제이미 우리가 암흑 천지에 살기를 바라서는 안 되지. (눈길이 위스키 병에 머문다) 허! 너무 취해서 헛것이 보이는 건가? (더듬거리며 손을 뻗어 병을 잡는다) 허허, 진짜일세. 오늘 밤 영감한테 무슨 일 있어? 너무 늙어서 이걸 놔둔 것도 깜빡했나 보네. 이런 기회는

잽싸게 낚아채야 해. 그게 내 성공의 비결이지. (잔에 가득 따른다)

에드먼드 벌써 술에 절었는데. 한 잔만 더 하면 뻗어 버릴걸.

제이미 아기 입에서 설교 나오시네. 말씀 삼가시지, 꼬마. 아직 하룻강아지 주제에. (의자에 몸을 파묻고 조심스럽게 잔을 든다)

에드먼드 좋아, 원한다면 골로 가시든가.

제이미 그럴 수가 없다는 게 문제야. 벌써 배도 가라앉힐 만큼 술을 마셨는데 왜 이리 멀쩡한 거야? 자, 이걸 마시면 되려나? (마신다)

에드먼드 병 줘봐. 나도 한잔하게.

제이미 (갑자기 큰형답게 근심하는 태도로 병을 잡는다) 내가 눈 뜨고 있는 한 년 안 돼. 의사의 지시 사항을 기억해. 네가 죽으면 딴 사람은 상관 안 할지 몰라도 난 달라, 내 꼬마 동생. 난 네가 좋아, 꼬마. 다른 것들은 다 사라져 버렸어. 내겐 너밖에 없어. (병을 더 가까이 끌어당긴다) 그러니 내가 있는 한 너는 금주. (취기 어린 감상 속에 진심이 숨어 있다)

에드먼드 (성가시다는 듯) 아, 그만해.

제이미 (상처받아 얼굴이 굳는다) 넌 내 말을 안 믿지? 미친 개소리를 한다고 생각하겠지. (술병을 밀어 준다) 좋다, 실컷 마시고 뒈져라.

에드먼드 (형이 상처받은 것을 깨닫고 정겹게) 물론 형 진심은 알지. 앞으로는 끊을 거야. 하지만 오늘은 밤만 빼고. 오늘 너무 여러 가지 빌어먹을 일들이 일어났잖아. (한 잔 따른다) 건배. (마신다)

제이미 (잠깐 술이 깨어 딱하다는 눈으로) 그래, 꼬마. 개 같은 하루였어. (비웃듯 냉소적으로) 늙은이는 네게 술 조심을 시키지도 않았구나. 거지 환자들이 득실대는 주립 요양원에 갈 때도 한 상자 들려 주겠지. 네가 빨리 죽을수록 돈이 덜 들 테니. (멸시 어린 증오의 빛) 아버지라는 작자 꼬락서니라니! 젠장, 책으로 써도 아무도 믿지 않을 일이야!

에드먼드 (방어적으로) 아, 아버지는 괜찮아. 이해하려고만 하면……. 그러니 형의 유머 감각은 좀 붙잡아 매 두시지.

제이미 (냉소적으로) 너한테 대고 징징거리는 연기를 좀 했구먼? 영감은 언제든 너를 속일 수 있어. 하지만 나한텐 안 돼. 다시는 안 속지. (천천히) 그래도 어떤 면에서는 안된 점도 있어. 그것조차 스스로 자초한 일이지만. 자기 자신에게 책임이 있지. (황급히) 까짓게 무슨 문제람. (병을 쥐고 또다시 한 잔 따르는데, 다시 만취한 듯 보인다) 마지막 한 잔이 쭉 올라오시네. 이 잔이 필름을 끊어 줄 거야. 내가 하디에게서 그게 싸구려 자선 요양원이라는 사실을 알아낸 거, 영감태기에게도 말했어?

에드먼드 (주저하며) 으응. 그리로는 안 갈 거라고 얘기했어. 다 해결됐어. 어디든 내가 원하는 곳으로 가라더군. (원망하는 기색 없이 미소를 지으며 덧붙인다) 물론 합리적인 선에서 말이지.

제이미 (혀 꼬부라진 소리로 아버지를 흉내 내며) 물론이다, 애야. 합리적인 선에서라면 어디든지 가렴. (조롱조로) 또 다른 싸구려 요양원에 가란 소리야. 영감태기는 「종(鍾)」에 나오는 구두쇠 가스파르 같아. 분장을 안 해도 연기할 수 있을 걸.

에드먼드 (성가시다는 투로) 아, 그만 좀 해. 그놈의 영감태기 이야기는 백만 번도 더 들었다고.

제이미 (어깨를 으쓱하더니 탁한 목소리로) 좋아 네가 원한다면야. 영감태기가 처리하시겠지, 네 장례식이니까 뭐. 그렇게 되지 않기를 바라지만.

에드먼드 (화제를 바꾸며) 오늘밤엔 시내에서 뭐했어? 메이미 번즈네 갔어?

제이미 (매우 취해서 고개를 끄덕인다) 물론이지. 다른 어디서 내게 걸맞은 여자를 찾을 수 있겠어? 게다가 사랑도. 사랑을 잊어서는 안 되지. 착한 여인의 사랑이 없으면 남자는 아무것도 아니야. 빌어먹을 놈의 텅 빈 껍데기일 뿐.

에드먼드 (취한 듯 낄낄거리며 긴장을 푼다) 형은 미쳤어.

제이미 (오스카 와일드의 「창녀의 집」 일부를 활기차게 읊는다)

> 내 사랑을 돌아보며 나는 말했네,
> 〈죽은 자들이 죽은 자들과 춤을 추고
> 먼지가 먼지와 함께 맴을 도는구나.〉
>
> 하지만 그녀는 — 그녀는 바이올린 소리에
> 내 곁을 떠나 들어갔네.
> 사랑이 나를 지나쳐 쾌락의 집으로 들어갔네.
>
> 갑자기 곡조가 비틀리고
> 무희들은 춤에 지쳐서······.

(뚝 끊고는 탁한 목소리로) 꼭 그런 건 아니야. 내 사랑이 나와 함께 있었는지는 몰라도, 내 눈엔 안 보였으니까. 유령이었음이 틀림없어. (사이) 메이미네 색시들 중에서 누구와 함께 열락을 나누었는지 맞춰 봐. 네게 웃음을 선사해 주마, 꼬마. 난 뚱보 바이올렛을 골랐어.

에드먼드 (취해서 소리 내어 웃는다) 아니, 정말? 무슨 그런 선택을! 맙소사, 그 여자, 1백 킬로그램은 나갈 텐데. 아니 왜? 웃자고 그런 거야?

제이미 웃자고 한 게 아니야. 난 매우 진지했어. 메이미 네 술집에 도착했을 때쯤 나는 나 자신과 세상의 모든 불쌍한 인간들에 대해 매우 슬픈 생각을 하고 있었단 말이지. 어떤 여자 가슴에 기대서라도 울 준비가 되어 있었어. 술 마시고 마음이 말랑말랑해지면 어떻게 되는지 알잖아. 그런데 내가 문을 열고 들어서자마자 메이미의 신세 한탄이 들려오는 거야. 너무 장사가 안 되니 뚱보 바이올렛을 내보내야겠다는 거지. 손님들이 바이올렛을 찾지 않으니까. 바이올렛을 데리고 있던 이유는 단 하나, 그 애가 피아노를 칠 줄 알아서였는데, 최근엔 피아노도 못 칠 정도로 술에 빠졌다는 거야. 완전 골칫거리가 됐다며, 멍청하지만 착한 그 애 앞날이 안됐어도, 일은 일이니 뚱보 색시까지 끼고 장사를 할 수는 없다는 거지. 그러다 보니 난 뚱보가 불쌍해져서, 네가 준 귀중한 돈 두 푼을 주고 뚱보를 위층으로 데리고 올라갔어. 추잡한 의도도 뭐고 없었어. 난 뚱뚱한 여자를 좋아하긴 하지만 그 정도로 심한 건 싫거든. 내가 원한 거라곤 인생의 한없는 슬픔에 대해 약간의 심금을 터놓고 싶었던 것뿐이라고.

에드먼드 (취해서 낄낄댄다) 불쌍한 바이올렛! 틀림없이 형은 또 키플링과 스윈번과 다우슨을 읊고, 〈시나라, 나는 나름의 방식으로 네게 사랑을 바쳤나니〉 어쩌고 저쩌고했겠지?

제이미 (헤프게 웃으며) 그럼, 위대한 위스키 님께서 마음을 말랑말랑하게 만들어 주셨으니 말이야. 뚱보는 한참을 참더군. 그러더니 끝내 뿌루퉁해졌어. 내가 사기를 장난으로 끌고 왔다고 생각한 거야. 고래고래 소리를 지르더라고. 시를 읊어 대는 술 취한 개털보다는 자기가 더 나은 사람이라나. 그러더니 울기 시작하더군. 그래서 난 자기가 뚱뚱해서 좋다고 말할 수밖에 없었고, 뚱보는 그걸 믿고 싶어 했지. 내가 그걸 증명해 보이니 뚱보는 기분이 좋아져서 나올 때는 키스를 하며 나에게 폭 빠졌다고 말해 주었고, 우리는 복도에서 조금 더 울었으며, 만사 오케이가 되었어. 메이미 번즈에게 맛 간 놈 취급을 받긴 했지만.

에드먼드 (냉소적으로 읊는다) 〈창녀와 도망자가 주는 나름의 쾌락을 속된 무리는 결코 이해하지 못하나니.〉

제이미 (취해서 고개를 끄덕인다) 바로 그거야! 나름 엄청 즐거운 시간을 보낸 거지. 넌 나와 함께 어울려 다녔어야 했어, 꼬마야. 메이미 번즈가 네 소식을 묻더라. 네가 아프다는 소식을 들었다며 안돼 하더군. 진심이던데. (사이. 이윽고 삼류 배우의 어조로 음산한 유머를 던진다) 오늘 밤 난 내 앞에 위대한 길이 열린 것을 보았단다, 애야! 연기의 예술은 재주넘는 물개들에게 돌려주겠다. 그 아이들이말로 정확하게 연기하지. 신이 주신 내 타고난 소질을 적절한 자리에 배치하여,

나는 성공의 정점에 앉으리라! 나는 술집에 사는 뚱뚱한 여자의 기둥서방이 되리라! (에드먼드가 소리 내어 웃는다. 제이미의 어투가 오만한 멸시 조로 바뀐다) 푸! 사창가의 뚱보 년에게 푹 빠져 있는 나를 상상해 봐! 내가! 손을 벌리고 달려드는 브로드웨이의 미녀들 한가운데 있던 내가! (키플링의 「부랑자의 시」를 읊는다)

난 말이지, 다 가봤다우,
세상 온갖 곳으로 가는 행복한 길들을.

(우울함에 푹 빠져) 그다지 적절하지는 않군. 행복한 길이란 건 허풍이지. 지겨운 길이라고 하는 게 맞아. 어느 곳도 빨리 갈 수가 없으니 말이지. 어느 곳도 아닌 곳……. 그게 내 위치야. 결국엔 모두들 가는 곳인데 누구도 그걸 인정하려 들지 않지.

에드먼드 (냉소적으로) 그만해! 좀 있으면 울겠군.

제이미 (깜짝 놀라 잠시 지독한 적개심으로 동생을 바라보다가 탁한 목소리로) 너무…… 그렇게 잘난 척하지 마. (불쑥) 네 말이 맞아. 불평해서 어쩌겠다고! 뚱보 바이올렛은 착한 애야. 같이 있길 잘했어. 기독교인다운 행동이었지. 그 애의 우울증을 고쳐 줬으니까. 나름 즐거운 시간을 보낸 거지. 넌 나와 함께 어울려 다녔어야 했어, 꼬마야. 네 마음을 근심에서 돌릴 수 있었을 테니까. 어쩔 수 없는 우울증을 가지고 집에 오면 뭐하냐고. 다 끝났어……. 끝장이야. 희망은 없어! (말을 멈추고 술 취한 머리를 끄덕거리며 눈을 감고 있더니, 갑자기 위를 보면서 굳은 얼굴로 조소하듯 읊는다)

내가 가장 높은 언덕에 매달린다 하더라도,
오 어머니, 오 나의 어머니!
당신 사랑이 끝없이 따라오리라는 것을 나는 아네……

에드먼드 (거세게) 그만해!
제이미 (잔인함과 적의를 담아 비웃는 어조로) 마약쟁이는 어디 갔어? 자러 갔나? (에드먼드가 한 대 맞은 것처럼 움찔한다. 긴장된 침묵. 에드먼드는 충격을 받은 듯 아파 보인다. 이윽고 분노가 폭발하여 의자를 박차고 일어난다)
에드먼드 더러운 자식! (형의 얼굴을 향해 주먹을 날리지만 광대뼈를 약간 스친다. 제이미는 호전적으로 반응하며 의자에서 반쯤 몸을 일으켜 싸움을 할 태세를 취하다가, 문득 정신을 차려 자신이 한 말을 깨닫고 당황해하는 눈치다. 힘없이 다시 앉는다)
제이미 (초라하게) 고마워, 꼬마. 맞아도 싸지. 왜 그랬는지 모르겠군. 취해서 한 말이지……. 나를 알잖아.

에드먼드 (분노가 서서히 식는다) 평소 같으면 절대로 그런 말 할 사람이 아니지만……. 하지만 맙소사 형, 아무리 취했다고 해도 그건 변명이 안 돼! (사이. 불쌍하게) 때려서 미안해. 이렇게 심하게 친 적은 없었는데. (의자에 다시 주저앉는다)

제이미 (목이 쉬어서) 괜찮아. 그래 줘서 다행이지 뭐냐. 이놈의 더러운 주둥이. 혓바닥을 잘라 내고 싶구나. (두 손에 얼굴을 파묻고는 멍하니) 기분이 너무 가라앉아 그랬나 봐. 이번엔 나도 속았거든. 난 정말 어머니가 이겨 내셨다고 믿었어. 어머닌 내가 항상 최악의 경우를 믿는다고 하지만, 이번엔 나도 최선의 경우를 믿었다고. (목소리가 떨린다) 아직은 어머니를 용서할 수 없을 것 같아. 너무 소중한 의미가 담겨 있었는데. 어머니가 이겨 낼 수 있다면, 나도 그럴 수 있으리라고 희망하기 시작했었거든. (흐느끼기 시작한다. 취기는 사라지고 제정신인 것처럼 보이기 때문에, 그의 눈물은 더 끔찍하다)

에드먼드 (눈물을 참기 위해 눈을 깜박거리며) 제발, 어떤 기분인지 나도 안다고! 그만해, 형!

제이미 (흐느낌을 참으려 애쓰며) 난 너보다 훨씬 더 오래전부터 어머니를 알고 있었어. 처음 그 사실을 알게 되었을 때를 결코 잊을 수가 없지. 주사를 놓고 있는 현장을 봤거든. 젠장, 난 마약은 창녀들이나 맞는 것인 줄 알고 있었다고! (사이) 그리고 이젠 네가 폐결핵이라니, 난 완전 끝장났지 뭐야. 우리는 형제 이상이잖아. 너는 내 유일한 친구야. 난 너를 아끼고 사랑하지. 널 위해서라면 무엇이든 해.

에드먼드 (팔을 뻗어 형의 팔을 두드린다) 알아, 형.

제이미 (울음을 그치고 손을 얼굴에서 뗀다. 낯설 정도로 비통하게) 하지만 넌 부모로부터 최악을 바라는 내 성격에 대해 너무 많이 들어 왔겠지. 지금쯤 나를 의심하고 있을지도 몰라. 아버지는 늙었으니 오래 못 버틸 테고, 너도 죽는다면 어머니와 내가 남은 가족이니까 아마도 내가 아버지 유산을—

에드먼드 (분노하여) 입 닫아, 미쳤어! 대체 왜 그런 생각을 하고 있는 거야? (비난하듯 형을 쏘아본다) 그래, 정말 알고 싶다. 도대체 왜 그런 생각을 하는 거냐고?

제이미 (다시 취기가 오르는 듯 보인다. 혼란스럽게) 멍청이같이 굴긴! 내가 말했잖아! 항상 최악을 바란다고 의심받는다고. 난 어쩔 수 없이— (취기 속에서 원망스럽게) 너 지금 나를 비난하는 거냐? 날 가르치려 들지 마라! 난 네가 상상도 못할 만큼 인생을 많이 배운 놈이야! 고상한 문학 작품을 더 많이 읽었다고 해서 나보다 잘났다는 생각은 버려! 넌 덩치만 큰 꼬마일 뿐이야! 엄마의 아기, 아빠의 귀염둥이! 가족의 희망! 너 최근에 꽤 오만해졌더구나! 아무것도 아닌 걸로!

시골 동네 신문에 시 몇 편 실어 놓고! 젠장, 난 대학 문예지에 더 나은 글을 썼어. 왜 이래? 정신 차리시지! 제가 무슨 큰일을 했다고! 시골 동네 촌뜨기들이 미래가 창창하다느니 어쩌니 허풍 떠는 걸 가지고— (갑자기 그의 목소리가 환멸에 찬 뉘우침으로 바뀐다. 에드먼드는 장광설을 무시하려는 듯 고개를 돌리고 있다) 이것 봐, 꼬마, 잊어버려. 그런 말을 믿는 건 아니겠지? 진심이 아니라는 거 알지? 네가 잘되기 시작하면 제일 자랑스러워할 사람은 나야. (취해서 우기듯) 내가 왜 자랑스럽지 않겠어? 젠장, 이건 완전히 내 업적이거든. 넌 내 영향을 받았잖아. 난 누구보다 네 교육에 일조했어. 내 덕에 이성에도 눈을 뜨고, 어수룩한 봉이 되거나 원치 않는 실수를 저지르지 않을 수 있잖아? 처음으로 시를 읽게 해준 건 누군데? 예를 들어 스윈번은? 나야, 나! 게다가 내가 한때 작가를 꿈꾸었기 때문에 너도 언젠가는 글을 쓰리라는 생각을 하게 되었지. 젠장, 내게 너는 동생 이상이야. 내가 너를 만들었거든! 넌 내 피조물이야! (술에 취해 오만해져 있다. 에드먼드는 이제 재미있다는 듯 미소를 띠고 있다)

에드먼드 그래, 좋아, 내가 형의 피조물이야. 그러니 한잔하자고. (소리 내어 웃는다) 미친놈!

제이미 (탁한 목소리로) 나만 한잔하지. 넌 안 돼. 몸을 살펴야지. (맹목적인 애정을 담아 바보같이 히죽거리다가 손을 뻗어 동생의 손을 쥔다) 요양원 건으로 겁먹지 마라. 물구나무 서고서도 이겨 낼 수 있어. 6개월만 지나면 혈색이 돌걸. 어쩌면 폐결핵이 아닐 수도 있지. 엉터리 의사들이 쌔고 쌨거든. 몇 년 전엔 나더러 당장 술을 끊지 않으면 곧 죽을 거라더니……. 이렇게 살아 있잖아. 다들 사기꾼이라니까. 돈을 뜯어내기 위해서라면 무슨 짓이든 할걸. 이런 주립 요양원 따위에도 나눠 먹기가 있을 거야. 의사들이 보내는 환자 한 명당 얼마씩 떼는 거지.

에드먼드 (넌더리를 내면서도 재미있어하며) 한계가 없군. 최후 심판의 날에도 사람들에게 이건 사기라고 말하며 돌아다닐 인간이야.

제이미 내 말이 맞을걸. 심판관께 몇 푼 찔러주면 구원받고, 빈털터리면 지옥행! (자신의 신성 모독에 미소를 짓는다. 에드먼드도 웃지 않을 수 없다. 제이미가 계속한다) 〈그러니 돈을 그대 주머니에 채워 두라.〉[11] 그것이 유일한 처방이지. (조롱하듯) 내 성공의 비결이야! 내가 어떻게 됐는지 보라고! (에드먼드가 한 잔 가득 따라 꿀꺽 마셔 버리는 모습을 보고만 있다. 흐린 눈에 애정을 담아 동생을 주시하더니, 다시 손을 잡고 탁하지만 묘하게 진심이 담긴 목소리로 이야기하기 시작한다)

---

11 「오셀로」 제1막 제32장.

들어 봐, 꼬마. 넌 곧 멀리 떠나게 될 거야. 다시 이야기할 기회가 오지 않을지도 몰라. 아니면 진실을 이야기할 수 있을 만큼 취할 수 없을지도 모르고. 그러니 지금 말해 둬야지. 이미 오래 전에 너를 위해 얘기해야 했던 거야. (사이. 자기 자신과 싸운다. 에드먼드는 뭉클하면서도 불편한 마음으로 형을 주시한다. 제이미가 마침내 말을 꺼낸다) 이건 술 취해 지껄이는 개소리가 아니라 〈취중 진담〉이라고 하는 거야. 진지하게 잘 들어 둬. 내 진심과는 상관없이 네게 경고하는 거니까. 어머니 아버지 말씀이 옳아. 난 네게 정말 나쁜 영향을 끼치고 있어. 더 끔찍한 건, 내가 일부러 그런다는 거지.

에드먼드 (불편한 심정으로) 그만둬! 더 이상 듣고 싶지 않―

제이미 쉿, 꼬마! 더 들어! 너까지 개털로 만들고 싶어서 일부러 그랬어. 내 속의 일부가 그런 짓을 했어. 아주 큰 일부분이지. 오래전에 죽어 버린 부분이야. 그래서 생명을 미워해. 내가 너를 철들게 해서 내가 했던 실수를 반복하지 않게 한다고……. 가끔은 나도 그 말을 믿지만 그건 헛소리야. 그냥 내 실수를 멋있게 보이고 싶어서 그런 거지. 술 취한 꼴을 낭만적인 모습으로 만들고 싶어서. 불쌍하고 멍청하고 병에 걸린 창녀 계집들을 매력 있는 흡혈귀인 양 보이게 했어.

일하는 건 얼간이들의 게임일 뿐이라고 놀렸어. 네가 성공하면 나는 그보다 훨씬 더 못한 상태로 보일까 봐 두려웠어. 네가 실패하기를 바랐어. 언제나 너를 질투했어. 엄마의 아기, 아빠의 귀염둥이! (점점 더 강한 증오의 눈빛으로 에드먼드를 쏘아본다) 게다가 어머넌 네가 태어난 다음부터 약에 손을 대기 시작했어. 네 잘못은 아니지만 그래도 빌어먹을 자식, 너를 미워하지 않을 수가 없어!

에드먼드 (공포로 가득 차다시피 해서) 제이미 형! 그만해 둬! 미쳤어!

제이미 하지만 잘 알아 둬, 꼬마. 너에 대한 미움보다는 사랑이 더 커. 지금 이런 얘길 하는 게 그 증거지. 네게 미움받을 위험을 무릅쓰고 말하는 거야……. 넌 내게 남은 전부니까 말이지. 하지만 마지막 말만은 하지 않으려 했는데……. 너무 많이 얘기했어. 왜 그랬는지 모르겠군. 내가 말하고 싶었던 건, 난 네가 큰 성공을 거두는 걸 보고 싶다는 얘기였어. 하지만 조심하는 게 좋아. 내가 기를 쓰고 널 실패하도록 만들 테니까. 어쩔 수가 없어. 나도 이러는 내가 싫어. 하지만 복수를 해야 해. 다른 모든 사람들에게. 특히 너에게. 오스카 와일드의 「레딩 감옥의 노래」에는 비비 꼬인 얼간이가 나와. 자신이 죽었기 때문에 자신이 사랑한 모든 것들을 파멸시켜야 하는 사람이지. 그래야 하는 거야. 내

속의 죽어 버린 부분은 네가 낫지 않기를 바라고 있어. 아마 어머니가 다시 약을 시작한 걸 기뻐하고 있을지도 모르지! 동지가 필요하니까. 이 집의 유일한 시체가 되기는 싫거든! (냉혹하고 고통스럽게 웃는다)

에드먼드 제발, 제이미 형! 정말 정신이 나갔어!

제이미 다시 생각해 보면 내가 맞는다는 걸 알게 될 거야. 멀리 떨어져 요양원으로 가면 다시 생각해 봐. 마음을 다잡고 날 없애 버려야 해. 네 인생에서 나를 지워. 죽은 사람으로 치부해. 사람들에게 말해. 〈형이 하나 있었는데 죽었어요〉라고. 돌아오면 나를 조심해. 나는 너를 〈내 오랜 친구〉니 어쩌니 하며 환영하고 반갑다며 손을 내밀겠지만, 기회가 보이는 대로 너의 등에 칼을 꽂을걸.

에드먼드 닥쳐! 더 이상은 절대로 듣고 있지—

제이미 (마치 못 들은 것처럼) 이거 하나는 잊지 마. 난 너에게 경고했다······. 너를 위해서야. 그건 인정해 줘. 자신의 형제를 자신으로부터 구해 내는 것보다 더 큰 사랑이 어디 있으리오. (만취한 듯 머리가 이리저리 흔들린다) 됐어. 기분 좋은데. 고해 성사 끝. 나를 용서해 주시겠지, 꼬마? 넌 이해하잖아. 멋진 녀석이니까. 그래야 해. 내가 널 만들었어. 그러니 가서 다 낫고 돌아와. 죽지 말고. 넌 내게 남은 전부니까. 신의 은총이 있기를, 꼬마. (눈을 감고 중얼거린다) 마지막 한 잔······.

녹다운이네. (취한 채 선잠에 빠진다. 에드먼드는 초라하게 손에 얼굴을 묻는다. 타이런이 베란다에서 방충 문을 통해 조용히 들어온다. 안개로 잠옷 가운이 젖었고 깃은 목 주변에 세워져 있다. 환멸감으로 가득한 엄한 얼굴에 연민이 엿보인다. 에드먼드는 아버지의 등장을 눈치채지 못한다)

타이런 (낮은 목소리로) 드디어 잠들었군. (에드먼드가 깜짝 놀라 올려다본다) 그치지 않고 떠들 것 같더니. (가운의 깃을 내린다) 그대로 자게 내버려 두는 게 좋겠다. (에드먼드는 조용하다. 타이런이 그 모습을 보다가 계속한다) 마지막 부분을 들었어. 내가 항상 경고했잖니. 이제 직접 들었으니 경고에 신경을 쓰면 좋겠구나. (에드먼드는 못 들은 체한다. 딱하다는 듯 타이런이 덧붙인다) 하지만 마음에 너무 담아 두지는 말아라, 얘야. 저 애는 취하면 자신의 나쁜 모습을 더 강조하곤 하니까. 저 아이는 너를 지극히 아끼고 있어. 저 애에게 남은 유일한 장점이지. (애달픈 눈길로 제이미를 내려다본다) 참 보기 좋은 광경이로구나. 내 장남, 내 이름을 명예롭고 위엄있게 이어 갈 줄 알았던, 그처럼 빛나는 가능성을 보여 주었던 놈이!

에드먼드 (참담하게) 아버지, 조용히 좀 하세요.

타이런 (한 잔 따른다) 쓰레기! 산산조각 나고 끝장난 찌꺼기, 술에 절은 사고뭉치! (마신다. 제이미가 아버지의 존재를 느끼고 불편해져서 선잠에서 깨어나기 위해 버르적거린다. 곧 눈을 뜨고 타이런을 보며 눈을 깜박인다. 타이런이 방어적으로 한 걸음 물러서면서 얼굴을 굳힌다)

제이미 (갑자기 손가락으로 아버지를 가리키며 극적인 어조로 읊는다)

클래런스가 왔구나, 약삭빠른 거짓말쟁이 위증자 클래런스,
턱스버리 전투에서 나를 찔렀던 자.
복수의 여신들이여, 그를 잡아서 고통을 주오.[12]

(그러고는 불만스럽게) 뭘 그리 보시죠? (냉소적으로 로세티를 읊는다)

내 얼굴을 들여다보세요. 내 이름은 〈잘 될 수 있었는데〉입니다.
〈더 이상은 아냐〉, 〈너무 늦었어〉, 〈이젠 안녕〉이라고도 하지요.

타이런 나도 잘 알고 있다. 결코 들여다보고 싶지 않은

---

12 「리처드 3세」 제1막 제4장.

얼굴이지.

에드먼드 아버지, 그만!

제이미 (냉소적으로) 좋은 생각이 있어요, 아버지. 이번 시즌에 「종」을 다시 올리시죠. 분장 없이도 할 수 있는 훌륭한 배역이 있잖아요. 수전노 영감태기! (타이런이 분노를 억누르려 애쓰며 돌아선다)

에드먼드 닥쳐, 형!

제이미 (조롱하듯) 잘 훈련된 물개처럼 훌륭한 그 연기는 에드윈 부스 씨도 본 적 없을 걸요. 물개는 똑똑하고 정직하죠. 그 애들은 연기의 예술이 어쩌고저쩌고 하며 허세를 부리지 않아요. 매일 물고기를 얻기 위해 하는 짓이라고 인정해 버리죠.

타이런 (뜨끔하여 분노에 차 돌아본다) 놈팡이 같은 녀석!

에드먼드 아버지! 분란을 일으켜서 엄마를 내려오게 할 작정이에요? 제이미 형, 다시 잠이나 자! 이미 너무 많이 입을 놀렸어. (타이런이 돌아선다)

제이미 (탁한 목소리로) 알았어, 꼬마. 다투고 싶지도 않아. 너무 졸려. (눈을 감고 고개를 꾸벅거린다. 타이런이 탁자로 와서 제이미를 보지 않도록 의자를 돌리고 앉는다. 갑자기 그도 잠이 온다)

타이런 (무거운 목소리로) 빨리 너희 엄마가 잠들면 좋겠다. 나도 잘 수 있게. (졸린 듯이) 정말 피곤하구나. 이젠 더 이상 밤을 새울 수가 없어. 늙는 게야……. 늙고 사그라들고. (입이 찢어지게 하품을 하며) 눈을 뜨고 있을 수가 없구나. 잠시 자야겠다. 너도 좀 자두지 그러니, 에드먼드? 시간이 좀 지나면 너희 엄마도……. (목소리가 흐려진다. 눈을 감고 턱을 떨어뜨리더니 입으로 거센 숨을 쉬기 시작한다. 에드먼드는 긴장한 채 앉아 있다가 무슨 소리를 듣고는 초조한 듯 의자 앞쪽으로 몸을 확 빼어 앉는다. 응접실 쪽 복도를 주시하던 그는 뭔가에 쫓기듯 혼란스러운 표정으로 벌떡 일어난다. 잠시 뒤쪽 복도로 도망가 숨으려는 듯하다가 다시 앉아 기다린다. 눈을 돌린 채 손으로는 의자의 팔걸이를 꽉 잡고 있다. 갑자기 벽에 붙은 스위치가 딸깍하며 응접실 샹들리에의 전구 다섯 개가 모두 켜지고, 잠시 후 누군가가 응접실의 피아노를 치기 시작한다. 쇼팽의 간단한 왈츠 중 도입부로, 마치 서투른 여학생이 처음 연습하는 것처럼 뻣뻣하게, 기억이 잘 안 난다는 듯 연주한다. 술과 잠이 확 깬 타이런은 깜짝 놀라 두려움에 사로잡히고, 제이미도 머리를 왈칵 뒤로 젖히면서 눈을 뜬다. 잠시 모두 얼어붙은 듯 듣고 있다. 연주는 시작할 때처럼 갑자기 끝나 버리고, 메리가 문간에 나타난다. 잠옷 위에 하늘색 가운을 걸치고 있고 맨발에는 사치스러운 술 장식이 달린 구두를 신었다. 얼굴은 그 어느 때보다 창백하다. 눈은 엄청나게 커 보이고 마치 반짝반짝 닦아 놓은 검은 보석처럼 빛난다. 그녀는 괴기스러울 정도로 젊어 보인다.

세상 경험이라고는 다 지워진 듯한 얼굴이다. 소녀 같은 순수함을 대리석 조각으로 표현해 놓은 것 같다. 입술에는 수줍은 미소가 걸려 있고, 하얀 머리는 두 갈래로 땋아 가슴까지 내려뜨렸다. 팔에는 흰 비단 레이스로 만든 구식 웨딩드레스가 걸려 있는데, 마치 그게 거기에 있다는 사실을 잊은 듯 무심하게 늘어뜨리는 바람에 바닥에 끌리고 있다. 메리는 문간에서 망설이며 방을 둘러본다. 무얼 가지러 왔는지 오다가 잊어버린 사람처럼, 당혹스럽다는 듯 이맛살을 찌푸린다. 모두들 그녀를 쳐다본다. 그녀는 그들을 그저 방 안의 다른 사물들인 양 인식하고 있는 듯 보인다. 가구, 창문 따위처럼 방 안에 자연스럽게 놓여 있지만, 뭔가에 몰두해 있는 동안에는 그 존재를 눈치채지 못하는 것들처럼 말이다)

제이미 (가슴 아픈 침묵을 깨고 참담하게, 자조적으로 조롱하듯이) 미친년 등장. 오필리아가 납신다! (아버지와 동생이 사나운 눈초리로 돌아본다. 에드먼드가 좀 더 빠르다. 손등으로 형의 입 주변을 때린다)

타이런 (분노를 억누르고 떨리는 목소리로) 잘했어, 에드먼드. 더러운 주둥아리 같으니! 자기 엄마한테!

제이미 (죄책감에 원망하는 기색 없이 중얼거린다) 좋아, 꼬마. 맞을 줄 알았어. 하지만 나도 제발 이런 일이 없기를 얼마나 바랬는지— (손에 얼굴을 파묻고 흐느끼기 시작한다)

타이런 아주 시궁창에다 차 넣어 버릴 테니까 그리 알아라. (그러나 흐느낌이 타이런의 분노를 누그러뜨려, 그는 돌아서서 제이미의 어깨를 흔들며 달랜다) 제이미, 제발 그만 그쳐! (이윽고 메리가 입을 열자 모두들 다시 얼어붙은 듯 침묵하며 그녀를 바라본다. 메리는 무슨 일이 있는지 전혀 신경 쓰지 않는다. 그들은 자신이 몰입하고 있는 상황을 건드리지 못하는, 단지 방의 익숙한 풍경 가운데 하나일 뿐인 것 같다. 그녀는 남들이 아닌 자신을 향해 크게 혼잣말을 하기 시작한다)

메리 이젠 연주가 너무 엉망이야. 연습을 도통 안 했잖아. 테레사 수녀님이 엄청나게 꾸짖으실 거야. 아버지가 수업료로 그렇게 많은 돈을 쓰시는데 이러면 어쩌느냐고 말씀하시겠지. 수녀님 말씀이 옳아. 아버지가 그렇게 잘해 주시고 너그럽게 돈을 쓰시는데, 나를 이렇게 자랑스러워하시는데, 이러면 어쩌나. 지금부터는 매일 연습해야겠어. 그런데 뭔가 끔찍한 일이 내 손에 생겼어. 손가락이 너무 뻣뻣해져 버렸어……. (손을 들어 당혹스럽다는 듯 겁에 질린 눈빛으로 살펴본다) 손마디가 모두 부풀어 올랐어. 정말 흉해. 양호실에 가서 마사 수녀님께 봐달라고 해야겠어. (애정과 믿음이 담긴 따뜻한 미소를 짓는다) 마사 수녀님은 늙고 좀 괴짜이시긴 하지만 여전히 좋은 분이셔. 게다가 약장에는 뭐든 고칠 수 있는 약들이 있거든. 내 손에 뭔가를 발라 주시고 성모님께 기도하라고 해주실 거야. 그러면 금방 괜찮아지겠지. (손에 대해서는 잊어버리고 방에 들어온다. 웨딩드레스가 바닥에 끌린다. 모호하게 방 안을 둘러보며 다시 이맛살을 찌푸린다) 어디 보자. 뭘 찾으러 왔더라? 왜 이렇게 정신이 없어졌는지, 정말 큰일이야. 만날 꿈만 꾸고 잊어버린다니까.

타이런 (목소리를 죽이고) 저기 가지고 있는 게 뭐냐, 에드먼드?

에드먼드 (멍하니) 웨딩드레스인 것 같은데요.

타이런 맙소사! (일어나서 메리의 앞을 정면으로 막아선다. 괴로운 목소리로) 메리! 이젠 충분하지 않소? (자기 자신을 억누르고 부드럽게 설득한다) 자, 내가 이걸 가지고 가리다. 이런 걸 바닥에 끌고 다니면 밟혀 찢어지거나 더러워지기만 한다오. 그러면 나중에 안타깝지 않겠소? (남편이 가져가게 내버려 둔다. 마치 마음속 멀찌감치에서 쳐다보듯 남편을 인식하지 못하고, 애정도 적의도 없는 상태다)

메리 (양갓집 처녀가 짐을 들어 준 나이 지긋한 신사를 대하듯 얌전하게) 고맙습니다. 정말 친절한 분이시네요. (당혹해하면서도 흥미롭게 웨딩드레스를 바라본다) 웨딩드레스군요. 정말 예쁘네요. (얼굴이 잠시 흐려지면서 모호하게 불편한 기색을 띤다) 이제 기억나요. 다락방 트렁크 속에 숨겨져 있는 걸 찾아냈죠. 그런데 왜 그걸 찾았는지는 기억이 안 나요. 난 수녀가 될 건데……. 그것만 찾으면……. (방을 둘러보면서 다시 이맛살을 찌푸린다) 내가 뭘 찾고 있었더라? 내가 잃어버린 건데. (마치 타이런이 자신의 길을 막아선 장애물인 양 그에게서 물러선다)

타이런 (절망적으로 호소한다) 메리! (그러나 그 호소는 메리에게 닿지 않는다. 그녀는 그의 목소리를 듣지 못하는 듯 보인다. 타이런은 절망적으로 단념하고 위축되는데, 스스로를 방어하던 취기조차 사라져 말짱한 정신으로 고통스러워하는 모습이다. 서툴고 무의식적인 동작으로 웨딩드레스를 감싸 안듯 부드럽게 팔에 걸치고는 의자에 주저앉는다)

제이미 (얼굴에서 손을 떼고 탁자 위를 응시하고 있다. 그 역시 술이 확 깨어 있다. 멍하니) 소용없어요, 아버지. (스윈번의 「작별」을 인용하는데, 담담하면서도 비통한 슬픔을 담아 멋지게 낭송한다)

이제 일어나 떠나자. 그녀는 알지 못하니.
큰 바람처럼 바다를 향해 가자,
모래와 포말이 날리는 곳으로. 여기 있는 게 무슨 소용인가?
아무 소용 없으니, 여기 모든 것들이 그러하고
모든 세상이 눈물처럼 쓰디쓰네.

아무리 그렇게 보여 주려 해도
그녀는 알지 못하니.

메리 (주변을 돌아보며) 꼭 찾아야 되는 건데. 완전히 잃어버릴 수는 없어. (제이미의 의자 뒤편을 돌아다니기 시작한다)

제이미 (메리의 얼굴을 돌아보며 애원한다) 어머니! (메리가 듣는 것 같지 않자 절망적으로 몸을 돌린다) 젠장! 무슨 소용이람? 쓸데없는 짓이야. (더욱 고조된 비통함으로 다시 「작별」을 낭송한다)

그러니 가자, 내 노래들아. 그녀는 듣지 못하니.
두려움 없이 함께 가자.
노래의 시간은 끝났으니 침묵을 지키자.
옛것들도, 소중한 것들도 모두 끝났으니.
우리가 그녀를 사랑하는 만큼 그녀는 당신도 나도 사랑하지 않으니.
그래, 우리가 아무리 귀에 대고 천사의 노래를 부른다 해도,
그녀는 듣지 못하니.

메리 (주변을 돌아보며) 정말 필요한 건데. 그것만 있으면 절대 외롭지도 두렵지도 않다는 걸 아는데. 영원히

잃어버린 채 살 수는 없어. 난 죽을 거야. 아무 희망이 없거든. (몽유병자처럼 제이미의 의자 뒤쪽에서 움직이더니 왼쪽 앞으로 나와 에드먼드의 뒤를 지나간다)

에드먼드 (충동적으로 몸을 돌려 엄마의 팔을 잡는다. 아무것도 모르고 상처 입은 어린 소년처럼 애원한다) 엄마! 여름 감기가 아니에요! 폐결핵이래요!

메리 (잠시 아들의 목소리가 그녀 속으로 들어간 듯 보인다. 메리가 몸을 떨며 공포에 질린 표정을 짓는다. 마치 자기 자신에게 명령하듯 심란하게 외친다) 안 돼! (곧 다시 멀어져 간다. 부드럽지만 감정 없는 목소리로 중얼거린다) 날 건드리지 마. 넌 나를 잡을 수 없어. 난 수녀가 될 거니까 그래서는 안 돼. (에드먼드가 메리의 팔을 잡은 손을 떨어뜨린다. 메리는 왼쪽으로 가서 창문 아래 있는 소파 앞쪽 끝에 앉는다. 손은 무릎에 얹고 앞쪽을 보며 얌전한 여학생다운 자세를 취한다)

제이미 (연민과 오만함이 섞인 묘한 눈길을 에드먼드에게 건넨다) 바보 같은 짓이야. 소용없어. (다시 스윈번의 시를 읊는다)

> 그러니 가자, 이제 가자. 그녀는 보지 못하니.
> 한 번만 더 함께 노래를 부르자.
> 틀림없이 그녀도 지난날 이야기들을 기억하고,
> 고개 돌려 한숨지으리라. 하지만 우리,

우리는 모두 사라지고 더 이상 그 자리에 없으리.

그래, 세상 모든 사람들이 우리를 동정하며 바라보더라도,

그녀는 보지 않으리니.

타이런 (절망적인 무력감을 떨치려는 듯) 아아, 관심을 끌어 보려고 하다니, 우리도 참 바보지. 몹쓸 독약 같으니. 하지만 이렇게까지 깊이 자기 속으로 빠져든 경우는 본 적이 없는데. (걸걸한 목소리로) 제이미, 술병 좀 다오. 그리고 그 음울하기 짝이 없는 시를 낭송하는 건 그만둬라. 내 집에서는 안 된다! (제이미가 병을 밀어 준다. 타이런은 팔과 무릎에 잘 걸쳐 놓은 웨딩드레스는 치울 생각도 않고 술을 따른 후 병을 밀어 돌려준다. 제이미가 자신의 잔을 채운 후 병을 에드먼드에게 건네주고, 그 또한 한 잔 따른다. 타이런이 잔을 들자 아들들이 기계적으로 따라하지만, 메리가 말을 시작하자 그들은 마시기를 잊어버린 채 탁자 위에 슬며시 잔을 내려놓는다)

메리 (꿈꾸듯 앞을 바라본다. 얼굴은 이상할 정도로 젊고 순수해 보인다. 크게 혼잣말을 시작하는데, 수줍은 열정과 믿음을 담은 미소가 입술에 걸려 있다) 엘리자베스 수녀님과 이야기를 했어요. 수녀님은 정말 다정하고 좋은 분이세요. 지상에 내려온 성자 같은 분이시죠. 난 수

녀님이 정말 좋아요. 죄가 되는 건지도 모르지만, 난 우리 엄마보다 수녀님이 더 좋답니다. 말을 하기도 전에 이미 모든 걸 알고 이해하고 계세요. 수녀님의 따뜻하고 푸른 눈은 마음속을 환하게 들여다보시거든요. 어떤 비밀도 숨길 수가 없어요. 혹시 속이고 싶은 못된 마음이 든다 해도 그럴 수가 없답니다. (약간 반항적으로 머리를 홱 젖힌다. 소녀처럼 언짢은 표정으로) 하지만 이번엔 그렇게 잘 알고 계신 것 같지 않아요. 난 수녀가 되고 싶다고 말씀드렸거든요. 스스로의 소명에 얼마나 확신을 가지고 있는지 말씀드리고 확신을 달라고, 그럴 만한 사람이 되게 해 달라고 얼마나 기도했는지도 말씀드렸어요. 호수의 작은 섬 루르드의 성모 성지에서 기도하는 동안 진정한 환상을 보았다고도 말씀드렸어요. 무릎을 꿇고 기도할 때 성모님이 미소 지으면서 허락의 축복을 내려 주신 것을 느낄 수 있었다고 말씀드렸죠. 하지만 수녀님은 그보다 더 강한 확신을 가져야 하고, 그것이 단지 나 혼자만의 상상이 아니었음을 증명해 보여야 한다고 말씀하셨어요. 또 그렇게 확신이 서 있다면 졸업 후 집에 가서 다른 소녀들처럼 살면서 파티나 댄스나 사교 활동을 하는 시험 기간을 둬보라고 말씀하셨어요. 1, 2년이 지난 후에도 여전히 확신이 흔들리지 않는다면 돌아와 다시 이야기해 보자고 하시더군요. (머리를 젖힌다. 화를 내며) 원장 수녀님 같은 분이 내게 그런 충고를 하시리라고는 상상도 못 했어요! 정말 충격이었죠. 난 말했어요. 〈그래요, 원장 수녀님께서 시키시는 일이라면 어떤 것이라도 하겠지만 그건 시간 낭비일 뿐이랍니다〉라고요. 원장 수녀님 앞을 떠나온 후 난 혼란스러워져서 성지로 가 성모님께 기도하고 다시 평안을 찾았어요. 성모님은 내 기도를 들으시고 언제나 날 사랑해 주실 것을 아니까요. 내가 성모님에 대한 믿음을 잃지 않는 한, 내게 어떤 위험도 닥치지 않게 하시리라는 것을 아니까요. (사이. 점점 더 불안해하는 기색이 얼굴을 덮는다. 마치 머릿속의 거미줄을 걷어 내려는 것처럼 이마를 손으로 쓸어 내고는 몽롱하게) 그때가 졸업반 겨울이었죠. 그리고 봄에 무슨 일인가가 일어났는데……. 아, 기억난다. 난 제임스 타이런과 사랑에 빠졌고, 한참 동안 정말 행복했답니다. (슬픈 꿈에 잠겨 앞을 주시한다. 의자에 있던 타이런이 움찔한다. 에드먼드와 제이미는 움직이지 않는다)

막이 내린다

                1940년 9월 20일, 타오 하우스에서

역자 해설
미국 가족극의 알파와 오메가, 「밤으로의 긴 여로」

　유진 오닐은 으레 〈*the foremost American playwright*〉라는 말과 함께 소개된다. 〈맨 앞에 위치할 뿐 아니라 가장 중요하다〉는 의미의 형용사인 〈*foremost*〉라는 단어로 수식되는 이유로는, 무엇보다도 오닐 이전과 이후 미국의 극 무대가 확연히 다르다는 점을 들 수 있을 것이다. 매사추세츠의 프로빈스타운 부두 극장Wharf Theater에서 오닐의 「카디프를 향하여 동쪽으로Bound East for Cardiff」가 처음 공연되던 1916년, 미국의 연극 무대는 통속적인 멜로드라마와 유럽에서 들어온 비대중적이고 세련된 현대극으로 나뉘어 있었다. 오닐은 자생적이지만 조악한 대중극과 엘리트주의적인 수입극 사이의 간극을 깨고, 사회의 문제를 그 속에서 사는 사람들의 입을 빌려 말하는 진지한 드라마를 선보이기 시작했다. 이후 그는 왕성한 작품 활동을 통해 다양한 사조와 형식을 널리 실험하면서 대중과 평단의 고른 호평을 받았고, 또한 테너시 윌

리엄스Tennessee Williams나 아서 밀러Arthur Miller가 등장할 수 있는 토대를 마련했다. 즉 오닐의 영향에 의해 미국 연극은 유럽극의 지배에서 벗어나 자신만의 고유한 목소리로 황금시대를 구가할 수 있게 된 것이다.

유진 오닐의 삶은 그 자체가 미국 현대극의 성립 과정을 구현한다고 할 수 있다. 그는 브로드웨이의 호텔 방에서 연극배우의 아들로 태어났는데, 아버지인 제임스 오닐은 아일랜드에서 건너와 고생 끝에 배우로 성공한 입지전적인 인물이었다. 그는 셰익스피어 전문 배우로도 소질을 보였으나, 정작 명성과 돈을 얻게 된 계기는 프랑스 작가 알렉상드르 뒤마Alexandre Dumas의 소설을 각색한 「몽테크리스토 백작The Count of Monte Cristo」을 통해서였다. 음모, 극적인 탈출, 신분의 위장, 복수, 로맨스와 해피 엔드가 골고루 들어가 있는 전형적인 멜로드라마의 주연으로 얻은 그의 인기는 1880년대부터 제1차 세계 대전 무렵까지 계속되었다. 유진 오닐의 극작 활동은 1차적으로 아버지의 과잉된 연기 양식과 당시의 극적 관습에 대한 거부감을 기반으로 이루어졌다. 〈미국 현대극의 아버지〉라는 오닐의 확고부동한 위치는, 글자 그대로 구시대적 연극을 상징하는 아버지를 지우고 자신이 새로운 아버지가 된 결과인 셈이다.

오닐에게 또 다른 영향을 미친 사람은 독실한 가톨릭 중산층 출신이었던 어머니 엘라 퀸란Ella Quinlan이었다. 어머니는 경건한 사람으로 브로드웨이를 싫어했다. 오닐이 작품에서 일관되게 추구하고 있는 〈절대적 존재〉는 어머니의 신비주의적인 종교적 성향에서 영향을 받은 것으로 보인다. 또한 극작가가 되고자 결심하면서 집중적으로 읽은 스웨덴 출신 극작가 아우구스트 스트린드베리August Strindberg에게서, 오닐은 인간 존재를 돌이킬 수 없는 구렁텅이에 빠뜨리는 어두운 운명적 힘을 발견하였다. 그 결과 오닐의 비극적인 세계관 속에서 인간은 자신의 존재를 구원해 줄 어떤 힘 혹은 존재를 끊임없이 찾아다니지만, 그것은 대체로 인간에게 무심하거나 파멸적인 힘으로 작용한다.

그리하여 오닐의 작품들은 초기부터 〈미국적〉인 맥락 속에서 운명에 휘둘리는 인간의 모습과 절망을 그리고 있다. 바다와 선원들의 삶을 소재로 한 네 편의 단막극 「글렌케언호S. S. Glencairn」 시리즈와 과거를 잊고 새롭게 출발하고자 하는 거리의 여인을 그린 「애너 크리스티Anna Christie」 등이 그것이다. 나아가 오닐은 연극 무대를 사회적이고 철학적인 이야기를 펼치는 장으로 만들고자 하여, 노예제와 제국주의 (「황제 존스The Emperor Jones」), 사회적 불평등과 인간 소외 (「털북숭이 원숭이The Hairy Ape」), 가면극(「위대한 신 브라운The Great God Brown」), 여성과 프로이트 이론(「이상한 막간극Strange Interlude」) 등 다양한 실험을 왕성하게 펼쳐 보였다.

또한 그리스 비극을 미국적 토양 위에서 부활시키고자 한 시도는 지금까지도 가장 독특한 것으로 기억되는 두 작품을 낳았다.「느릅나무 아래 욕망Desire Under the Elms」은 근친상간과 유아 살해 등으로 치닫는 인간의 욕망을 미국 농장주 가족에 이입하면서, 집안을 지배하는 운명적 상징으로 농장 전체를 덮고 있는 느릅나무를 상정하였으며, 「상복이 어울리는 엘렉트라Mourning Becomes Electra」는 남북 전쟁 당시의 뉴잉글랜드 명문가에『오레스테이아Oresteia』3부작을 녹여 넣어 가족 구성원 간의 애증을 그리스 비극의 관점에서 조명하였다. 이 작품들은 〈비극적 리얼리즘〉이라는 평단의 찬사를 받았으며, 1936년의 노벨 문학상 수상을 정점으로 오닐은 셰익스피어와 버나드 쇼George Bernard Shaw 이후 가장 널리 알려지고 번역되고 상연되는 극작가로 자리매김했다.

그러나 극작가로서의 명성이 최고조에 이른 이 시기에 아이러니하게도 오닐은 자신의 작품에 대한 가장 심각한 비판에 직면하였다. 라이오넬 트릴링Lionel Trilling, 프랜시스 퍼거슨Francis Fergusson, 에릭 벤틀리Eric Bentley 등 소장파 비평가들은 더 이상 오닐의 강렬함과 실험 정신, 혹은 미국성이라는 두드러진 특징만으로 만족하지 않았다. 그들은 오닐의 작품이 강렬한 극적 효과에도 불구하고 단선적인 인물과 기계적인 서술이라는 한계에서 자유롭지 못함을 비판하였고, 특히 퍼거슨은 1930년 오닐의 과장된 언어와 단순함을 들어 〈멜로드라마티스트〉의 특성이라고 일침을 가했다. 이후 죽을 때까지 극작가 유진 오닐은 이름만 존재할 뿐 거의 현실 무대에서 잊혀 갔다. 그는 침묵과 병고 속에서 「얼음 장수 오다The Iceman Cometh」와 「밤으로의 긴 여로Long Day's Journey into Night」 등 마지막 작품들에 매달렸다. 외견상 이들은 미니얼하고 실험성이 거세된 사실주의적 작품들이지만, 내밀한 극적 경험을 불러일으킨다는 점에서는 오닐의 그 어떤 작품보다 강렬한 드라마였다.

그중 하나인 「밤으로의 긴 여로」는 1912년 어느 날 여름 별장에서 벌어지는 타이런 가족의 이야기로, 작가의 개인적인 가족사와 매우 흡사하다. 고생 끝에 순회 연극 배우로 명성을 쌓았으나 셰익스피어에 대한 젊은 날의 열정을 잊지 못하는 아버지와, 그 아버지의 불안정한 생활과 구두쇠 짓이 다른 가족 구성원에게 미치는 치명적인 영향이 그것이다.

집안의 어머니 메리는 마약 중독자이다. 그녀의 중독은 자린고비인 남편이 부른 싸구려 돌팔이 의사가 근원적인 치료 대신 모르핀을 무작정 투여한 결과였으며, 이제 그녀는 집안의 수치가 된다. 가족들은 메리의 중독을 비난하고 메리는 돌팔이 의사, 남편, 에드먼드의 탄생에 그 책임을 돌린다. 맏아들 제이미는 어머니가 마약을 맞는 현장을 목격한 충격으로 비뚤어졌으며, 그의 방탕한 생활과 냉소적인 태도는 동생에게 나쁜 영향을 미쳤다. 어려서 죽은 아이 유진은 의식 밑바닥에서 그들을 쫓아다니는 유령으로, 에드먼드를 제외한 가족 모두는 유진의 죽음에 일말의 책임감과 죄의식을 가지고 있다. 그런데 유진이 죽은 다음 태어난 병약한 아이 에드먼드가 당시 난치병으로 알려진 폐결핵에 걸리자, 어머니는 초조함을 견디지 못하고 다시 마약에 손을 댄다.

무대 위의 시간은 아침에서 점심, 저녁 그리고 자정 무렵까지 만 하루가 못 되는 기간이지만, 그동안 메리의 의식은 가까운 과거에서 점점 더 먼 과거로 거슬러 올라가 신혼 초, 결혼 전 아버지의 집, 수녀원생 시절까지 여행한다. 현실의 시간과 심리적 시간이 대위법적으로 조응하여 밤이 오면서 메리가 들어가는 과거의 심연도 깊어지는 데다, 그들의 여름 별장을 둘러싼 안개는 마치 구성원들 사이의 진솔하면서도 고통스러운 의사소통을 막는 것처럼 점점 더 짙어지는 까닭에 그들의 하루는 〈긴 여로〉가 되는 것이다.

병든 가족의 드라마에서 〈중독〉은 중요한 모티프가 된다. 메리는 마약에 빠져 헤어나지 못하고 나머지 가족들은 술을 손에서 놓지 못한다. 〈중독〉은 또한 똑똑한 서술 기제로도 작용하여, 거실로 고정된 단조로운 무대 배경

속에서 네 명의 주인공들이 과거와 현재, 현실과 허상 사이를 오가며 이야기를 풀어 나갈 수 있도록 만든다. 특히 메리는 가족의 중심인 부드럽고 세심한 어머니 역할에서 시작하여, 모르핀 중독이 깊어짐에 따라 주변 사람들과 거리를 두며 그들의 상처와 약점을 공격하고 비판하는 인물로 변화한다. 상반된 자아가 한 인물 속에서 다중 인격처럼 구현되어 주연과 논평자의 역할을 동시에 수행하는 것이다. 인생이 우리에게 저질러 놓은 것을 어쩔 수 있겠느냐며, 자신을 포함한 모두를 담담하게 이해하는 듯하다가도 각자의 책임에 대해 맹렬한 비난과 독기 어린 공격을 퍼붓는가 하면, 결국에 가서는 상대의 잘못을 잊지는 못하지만 용서한다고 말하기도 한다.

그러나 메리가 말하는 용서와 이해는 약 기운으로 이루어지는 것이기에, 지속적인 힘을 발휘하지 못한다. 가족들 사이에 어렵게 이루어지는 이해와 공감은 순간적으로 지나가 버리고, 다시 그들은 폐쇄된 공간 속의 생쥐들처럼 상대를 물어뜯는다. 관객들이 일찌감치 예측할 수 있듯이 이들의 관계에서 완전한 화해와 용서는 끝내 이루어지지 않고, 메리는 과거 수녀원생 시절의 기억에서 멈춰 선 채 잃어버린 과거의 순수와 믿음을 찾아다닌다.

(피아노) 연주는 시작할 때처럼 갑자기 끝나 버리

고, 메리가 문간에 나타난다. 잠옷 위에 하늘색 가운을 걸치고 있고 맨발에는 사치스러운 술 장식이 달린 구두를 신었다. 얼굴은 그 어느 때보다 창백하다. 눈은 엄청나게 커 보이고 마치 반짝반짝 닦아 놓은 검은 보석처럼 빛난다. 그녀는 괴기스러울 정도로 젊어 보인다. 세상 경험이라고는 다 지워진 듯한 얼굴이다. 소녀 같은 순수함을 대리석 조각으로 표현해 놓은 것 같다. 입술에는 수줍은 미소가 걸려 있고, 하얀 머리는 두 갈래로 땋아 가슴까지 내려뜨렸다. 팔에는 흰 비단 레이스로 만든 구식 웨딩드레스가 걸려 있는데, 마치 그게 거기에 있다는 사실을 잊은 듯 무심하게 늘어뜨리는 바람에 바닥에 끌리고 있다. 메리는 문간에서 망설이며 방을 둘러본다. 무얼 가지러 왔는지 오다가 잊어버린 사람처럼, 당혹스럽다는 듯 이맛살을 찌푸린다. 모두들 그녀를 쳐다본다. 그녀는 그들을 그저 방 안의 다른 사물들인 양 인식하고 있는 듯 보인다. 가구, 창문 따위처럼 방 안에 자연스럽게 놓여 있지만, 뭔가에 몰두해 있는 동안에는 그 존재를 눈치채지 못하는 것들처럼 말이다. (212~213면)

미친 오필리아와 같은 모습으로 밤을 맞이하는 그녀의 모습은 막다른 골목에 다다른 가족 관계에 대한 상징으로, 과거의 꿈과 이상을 맹목적으로 쫓아가는 것 자체가 악몽이라는 사실을 보여 준다.

그러므로 오닐의 가족 드라마는 실은 냉정한 반(反)가족주의 드라마라고 할 수 있을 것이다. 가족주의는 한 사회의 건강한 기본 단위로 〈단란한 가정〉이라는 이미지를 설정하고 그것이 주류이며 이상적인 것처럼 선전하면서 서구 중산층의 가장 강력한 이데올로기로 자리 잡았으나, 이 작품 속에서는 그 이미지와 상충하는 실상을 드러내 보이고 있기 때문이다. 작가는 벗어날 수도, 그렇다고 일방적으로 내다 버릴 수도 없는 가족과 그 와해에 대해 결국 우리가 할 수 있는 것은 묵묵히 지켜보는 것밖에 없지 않겠느냐고 되묻는다. 그것은 둘째 아들 에드먼드의 자세이기도 하다. 그는 자신이 〈안개 인간〉이며 모든 인간적 연대를 벗어나 새나 물고기가 되어 자유를 맛보고 싶다고 말하는 심리적 유목민이다. 하지만 그는 마지막까지 잠들지도 피하지도 않고 비참한 어머니의 모습을 맞대면하는 인물이기도 하다. 그것은 작가가 관객에게 요구하는 태도이기도 할 것이다. 작가는 1917년의 일기에 〈내가 추구하는 것은 (……) 무대 위의 인물이 영원한 모순과 싸우다가 패배하는 것을 지켜본 관객이 고양된 감정으로 극장을 떠나는 것〉이라고 썼다.

1942년 오닐은 원고를 봉인하여 출판사에 넘기면서 25년 후에 출판하기로 계약했지만, 사후 3년 뒤 그의 세 번째 부인인 칼로타 몬트레이Carlotta Monterey가 다시 조건을 바꿔 예일 대학교 출판부에 보내면서 1956년 「밤으로의 긴 여로」가 빛을 보게 되었다는 이야기는 유명하다. 이를 계기로 오닐 붐이 새롭게 일어나게 되는데, 여기에는 연출가 호세 킨테로José Quintero의 역할이 빠질 수 없다. 그는 자신의 불우한 가족사와 오닐의 가족극을 동일시하면서, 탁월한 해석으로 「밤으로의 긴 여로」를 살려 냈고 〈유진 오닐 리바이벌〉의 단초를 제공했다.

그 이후 20세기 후반 미국에는 〈가족극〉이라는 하위 장르가 확립되었다고 해도 과언이 아니다. 아서 밀러의 「세일즈맨의 죽음The Death of a Salesman」(1949), 에드워드 올비Edward Franklin Albee의 「누가 버지니아 울프를 두려워하랴Who's Afraid of Virginia Woolf?」(1962), 샘 셰퍼드Sam Shepard의 「매장된 아이Buried Child」(1978), 그리고 국내에서도 계속 공연되고 있는 마샤 노먼Marsha Norman의 「잘 자요 엄마Night Mother」(1983)에 이르기까지, 미국의 가족극은 인간의 소외와 환멸을 사실주의적으로 묘사하면서 변주되었다. 사람들 사이의 관계가 와해되어 가는 과정을 보여 주는 현장으로, 지리멸렬한 현실과 희망의 변질인 허상이 대립하는 중요한 배경으로 가족이 등장하는 것이다. 그곳은 〈홈, 스위트 홈〉과 같은 핑크 빛 꿈과는 거리가 먼 곳이며, 섣부른 난관 극복이나 해피 엔드가 허용되지 않는 곳이다. 20세기 가족의 현주소는 오닐의 가족극 「밤으로의 긴 여로」에서 그 시작과 끝이 이미 제시되어 있었던 것이다.

강유나

유진 오닐 연보

1888년 출생 10월 16일 유진 글래드스턴 오닐Eugene Gladstone O'Neill, 뉴욕 브로드웨이의 한 호텔에서 태어남. 호텔 방과 기차와 무대 뒤에서 어린 시절을 보냄.

1895년 7세 마운트 세인트빈센트 아카데미Mt. Saint Vincent Academy 기숙 학교 입학.

1906년 18세 프린스턴 대학교에 입학하였으나 1907년 자퇴하고 진정한 인생 수업을 받기로 함. 이후 부에노스아이레스, 리버풀, 뉴욕 항에서 부랑자 생활을 하며 알코올 의존증과 자살 미수 등의 시기를 거침.

1909년 21세 캐슬린 젱킨스Cathleen Jenkins와 결혼한 후 곧바로 온두라스로 금광 탐사 여행을 떠남.

1910년 22세 장남 유진 글래드스턴 오닐 2세 출생. 부에노스아이레스행 선박에 선원으로 탑승.

1911년 23세 미국으로 귀국. 맨해튼의 술집 겸 여관 지미 더 프리스트Jimmy the Priest에서 숙식을 해결하며 밑바닥 생활을 함.

1912년 24세 자살 기도. 캐슬린 젱킨스와 이혼하고 코네티컷 뉴런던에 있는 몽테크리스토의 오두막Monte Cristo Cottage으로 돌아옴. 잠시 뉴런던「데일리 텔리그래프The Daily Telegraph」의 리포터 생활을 하였으나, 결핵으로 12월 24일 게일로드 팜 요양원에 입원. 6개월 동안 지내면서 〈새로 태어나는〉 경험으로 스트린드베리J. A. Strindberg와 베데킨트F. Wedekind, 입센H. Ibsen을 읽고 극작에 대한 자신의 열정을 확인, 첫 단막극을 씀.

1914년 26세 하버드 대학교 조지 피어스 베이커George Pierce Baker 교수의 극작 수업을 들음. 수업 자체에 크게 영향을 받지는 않았으나 지속적으로 작품을 쓰는 계기가 됨.「갈증, 기타 단막극 Thirst, and Other One-Act Plays」발표.

1916년 28세 매사추세츠의 프로빈스타운 부두 극장Wharf Theater에서「카디프를 향하여 동쪽으로Bound East for Cardiff」와「갈증」공연. 뉴욕 〈작가 극장The Playwrights' Theater〉의 주요 극작가로 바다를 소재로 한 일련의 단막극을 공연하기 시작함.

1918년 30세 애그니스 볼턴Agnes Boulton과 결혼.「카리비스의 달The Moon of the Caribbees」공연.

1920년 32세 「지평선 너머Beyond the Horizon」공연. 퓰리처상 수상. 아버지 제임스 오닐 사망. 미국 연극 최초로 흑인 배우를 주연으로 내세운「황제 존스The Emperor Jones」공연.

1921년 33세 「애너 크리스티Anna Christie」공연. 두 번째 퓰리처상 수상.

1923년 35세 형 제임스 오닐 2세 사망.

1924년 36세 미국 연극 최초로 흑백 간의 결혼 문제를 다룬「신의 아이들은 모두 날개가 달렸네All God's Chillun Got Wings」, 페드라 신화를 기초로 한「느릅나무 아래 욕망Desire Under the Elms」공연.

1926년 ³⁸세 딸 우나Oona 출생. 「위대한 신 브라운The Great God Brown」 공연.

1928년 ⁴⁰세 「라자루스 웃었다Lazarus Laughed」, 「마르코 밀리언스Marco Millions」, 「이상한 막간극Strange Interlude」 공연. 「이상한 막간극」으로 세 번째 퓰리처상 수상.

1929년 ⁴¹세 「발전기Dynamo」 상연. 애그니스 볼턴과 이혼하고 곧 배우 칼로타 몬트레이Carlotta Monterey와 결혼. 이들의 결혼 생활은 오닐이 사망할 때까지 지속되었으나, 두 사람의 성격 차이와 칼로타의 진정제 중독으로 별거와 재결합을 반복함.

1931년 ⁴³세 남북 전쟁 당시의 미국 사회를 배경으로 그리스 비극을 재해석한 「상복이 어울리는 엘렉트라Mourning Becomes Electra」 공연.

1933년 ⁴⁵세 유일한 희극 「아, 황야!Ah, Wilderness!」 공연

1936년 ⁴⁸세 노벨 문학상 수상. 이 시기부터 10여 년 동안 11개의 극으로 이루어진 연막극*cycle plays* 「재물을 얻고 자아는 잃은 사람들의 이야기A Tale of Possessors, Self-Dispossessed」를 구상. 1800년대에 시작해서 20세기 초까지 이어지는 미국 가족의 이야기를 열하루 밤에 걸쳐 상연하는 대작으로 기획되었으나, 「시인의 기질A Touch of A Poet」, 「더욱 근사한 저택More Stately Mansions」 등 두 편의 원고만 남긴 채 미완성으로 끝남.

1937년 ⁴⁹세 캘리포니아 댄빌에 타오 하우스 건축.

1939년 ⁵¹세 「얼음 장수 오다The Iceman Cometh」 탈고.

1940년 ⁵²세 「밤으로의 긴 여로Long Day's Journey into Night」 탈고.

1943년 ⁵⁵세 「불출들을 위한 달A Moon for the Misbegotten」 완

성. 딸 우나가 18세의 나이로 54세의 찰리 채플린Charles Spencer Chaplin과 결혼하자 의절함.

1946년 58세 「얼음 장수 오다」 공연.

1947년 59세 「불출들을 위한 달」 공연.

1950년 62세 예일 대학교 고전학 교수로 있으면서 알코올 의존증에 시달리던 장남 유진 오닐 2세 자살. 애그니스 볼턴과의 사이에서 난 아들 셰인Shane도 정신병과 헤로인 중독으로 자살했으나 정확한 연도는 불분명함.

1953년 65세 11월 27일 보스턴의 호텔에서 사망함. 처음에는 파킨슨병이 사인으로 간주되었으나 부검 결과 혈액이 소뇌에 충분히 공급되지 않아 생긴 소뇌피질 위축증에 의한 것으로 밝혀짐.

1955년 「얼음 장수 오다」가 제이슨 로바즈 2세Jason Robards Jr. 주연, 호세 킨테로José Quintero 연출로 리바이벌됨.

1956년 「밤으로의 긴 여로」가 스웨덴 스톡홀름에서 초연됨. 이어 뉴욕에서 호세 킨테로 연출로 공연.

1957년 「밤으로의 긴 여로」로 네 번째 퓰리처상 수상.

열린책들 세계문학 111

명상록 외

옮긴이 강분석 서울대학교 사회복지학과를 졸업하고 영어영문학과를 중퇴했다. 미국 사우스캐롤라이나 대학교 영문학과 졸업에 이어 미국 아이오와 대학교 저널리즘스쿨에서 석사 학위를 받았다. 이 외에 아우렐리우스의 『명상록』, 『상록수』, 『섬』, 『테레사에 관한 기록』, 『붉은 무공 훈장』, 『토지스캔들』, C. S. 루이스의 『예기치 않은 기쁨』, 『四랑』, 『헤이 리틀 걸』, 『낭만주의 예술』, 『깨끗하게 떠나기』, 아서 밀러의 『세일즈맨의 죽음』, 에드윈 롱리지 『나 다시 인생을 찾을 때까지』, 윌리엄 스타이런의 『어둠 속에 누워』 등을 번역했다.

지은이 마르쿠스 아우렐리우스 옮긴이 강분석 발행인 홍예빈·홍유진
발행처 주식회사 열린책들 주소 경기도 파주시 문발로 253 파주출판도시
전화 031-955-4000 팩스 031-955-4004 홈페이지 www.openbooks.co.kr
Copyright (C) 주식회사 열린책들, 2010, Printed in Korea.
ISBN 978-89-329-1111-3 04840 ISBN 978-89-329-1499-2 (세트)
발행일 2010년 4월 30일 세계문학판 1쇄 2020년 11월 10일 세계문학판 4쇄

이 도서의 국립중앙도서관 출판예정도서목록(CIP)은 서지정보유통지원시스템 홈페이지(http://seoji.nl.go.kr)와
국가자료공동목록시스템(http://www.nl.go.kr/kolisnet)에서 이용하실 수 있습니다.(CIP제어번호: CIP2010001286)